MW01172331

»»»»

»»»»

Saga : Tempête

Tome 2 : Pirates de l'air

Science - Fiction /
Fantastique

Par

Chantale Brassard

››››››››

Catalogage avant publication de Bibliothèque et Archives nationales du Québec et Bibliothèque et Archives Canada

Saga : Tempête

t.2. Pirates de l'air

ISBN (broché) : 978-1-791880-14-9 Vente seulement sur Amazon

Dépôt légal - Bibliothèque et Archives nationales du Québec, 2019

Dépôt légal - Bibliothèque et Archive du Canada, 2019

Réalisation de la couverture Émilie Morin & Idhéa publication web

Réviseure : Danielle Robineau

Texte intégral 2019

http://www.pontlitteraire.com

»»»»

»»»»

»»»»

Remerciements

Un merci tout spécial aux premiers lecteurs du tome 1 de cette saga. Sans vous, elle n'aurait pas vu le jour.

Merci aussi à tous ceux qui croient en moi : Et tout particulièrement à Danielle Robineau qui a bien voulu corriger ce deuxième tome, Réjean Auger, mon ami et associé, Danielle St-Pierre, amie et lectrice et aussi ma grande amie conférencière, coach de vie, correctrice et auteur Rosaria Maria Maltere Flagothier

À ma famille et à tous ceux qui me suivent de près ou de loin.

À tous, un énorme merci

En toute amitié

Chantale B.

»»»»»»»

»»»»

— Général, depuis des jours que nous survolons cette zone comme demandé et toujours rien. Demande la permission de… Oh ! Mais… Wow ! Enfin ! Delta 1 au Général Gagné. Nous avons en visuel cinq sphères volantes se dirigeant vers nous. Aucun signal d'armements. Demandons la permission de se rapprocher pour regarder à l'intérieur.

— Permission accordée.

— Delta 1 à escadrille, direction sphères, je prends la première. Allez, nous n'avons pas une minute à perdre avant qu'elles ne disparaissent de nos écrans radar.

Quelques instants plus tard, on entend de nouveau la voix du chef d'escadrille.

— Général, je suis près de la première et je ne peux pas bien voir à l'intérieur, trop de fumée. Enfin, on

»»»»

dirait une énorme enveloppe de gaz. Mais je crois distinguer, une forme humaine, qui semble inerte, dans un… Hum… Un lit.

— Un quoi ? Delta 1 répétez car nous avons compris un lit.

— Effectivement… C'est tout à fait ça… Je confirme… Une créature qui semble être humaine est allongée sur un lit dans une sphère volante. Confirmez escadrille… Est-ce bien ce que vous voyez ?

— Confirmons. Nous avons exactement la même chose en visuel que vous, chef.

— Ça ne me dit rien qui vaille mon Général, demandons la permission de les détruire termine Delta 1.

»»»»

Prologue

Quelques mois auparavant…

Le temps a passé depuis le premier jeu. Il est temps pour le Concepteur de faire une nouvelle tentative, mais avec des règles encore plus formelles, qui tiendront compte des ratés de la première phase.

Pour savoir si les participants potentiels embarqueront à nouveau, le créateur réalise encore une fois une publicité subliminale, bien différente de la première, qu'il prévoit faire passer *non stop* sur le Web, mais au dernier moment il change d'idée. Il recrute quatre candidats évincés lors de la dernière aventure. Son choix étant fait, il envoie aussitôt les invitations. Pour cette fois, il décide de ne recruter qu'un nombre restreint de

»»»»

participants, car l'aventure sera bien différente de la première. Les concurrents seront formés de duo et de plus, dans cette même aventure, il se promet d'inclure certains personnages du premier jeu, ce qui mettra du piquant dans ce nouveau divertissement.

En quelques clics de souris les recrues entrent dans le piège et acceptent l'invitation les uns après les autres. Ils ne sont que quatre, mais le Concepteur ne les accepte pas tous du premier coup. Il doit les faire patienter un bout de temps mais pas trop, pour ne pas les perdre.

Et voilà qu'en seulement deux semaines, une nouvelle aventure vient de naître…

***

»»»»

— Non ça ne se peut pas… Mes sentiments et les amis que je me suis fait dans l'aventure sont réels. Si ça ne l'était pas, alors je serais de retour chez moi, hurle **Raphaëlle**[1] pleine de rage, en se levant tout en ouvrant les yeux de nouveau.

Elle ne termine pas sa phrase, car plusieurs personnes la dévisagent. La bouche encore ouverte, Raphaëlle comprend qu'elle vient de parler à voix haute.

« Oh ! Oh ! Je viens de faire encore une belle connerie. Je viens d'exprimer ma colère devant tous ces gens et je ne sais plus quoi faire. Seuls, ceux qui sont trop loin, pour avoir entendu, ne me fixent pas. »

Oui, effectivement, tous ceux, qui sont près d'elle, l'observent et dans leurs regards, Raphaëlle ne voit que de la peur…

---

[1] Raphaëlle : Personnage principal de la Saga : Tempête Tome 1 : Pirates de mers surnommé : Raph le terrible.

»»»»

« Mais… Où suis-je à la fin ? Où est mon bateau, mon crochet et ma demi-jambe de bois et surtout pourquoi je suis ici en train de tenir cette arme dans les mains ?

Soudain une voix lui dit :

— Voyons Madame ! Ôtez ce masque, il ne vous servira à rien dans cet avion. Ôtez-le et dites-nous ce que vous voulez…

»»»»

Chapitre 1

Le Concepteur du jeu est très enthousiasme face à sa nouvelle création et il est prêt à en discuter avec celui qui gérera son nouveau défi.

◄ — J'ai beaucoup appris lors de ma première expérience. Cette fois, j'ai été plus prudent et les participants devront, une nouvelle fois, se surpasser pour penser avoir une chance de survivre à ce défi. En tout cas, c'est ce que j'espère leur faire croire… Vous verrez que les règles et même le jeu seront bien différents du premier. Pour comprendre, votre première tâche sera de visionner l'aventure intitulée Pirates des mers et ensuite nous pourront discuter de la nouvelle.

»»»»

◄ — Bien, dans ce cas, je m'y mets tout de suite, répond le nouveau Maître de jeu.

Quelques heures plus tard ce dernier revient vers le Concepteur qu'il questionne aussitôt.

◄ — Concepteur, j'ai terminé, cependant avant que vous ne me donniez les grandes lignes de ce second jeu, j'aimerais que vous me décriviez quelques différences entre le premier et celui que je vais animer, car effectivement après visionnement, il y a eu beaucoup de ratés dans votre première expérience que j'aimerais ne pas reproduire dans celle-ci et ça m'aiderait à me mettre en contexte.

◄ — Certainement, je comprends votre hésitation et ce que je m'apprête à vous révéler vous donnera la confiance qu'il faut pour la réussite du jeu. Voici donc la première différence

»»»»

et non la moindre : Dans ce nouvel essai, les équipes ne seront composées que de deux membres. C'est ma façon de nous protéger d'une nouvelle intrusion et de plus, ils seront plus faciles à observer. Vu le nombre restreint de nouveaux qui ont été recrutés en moins de deux… Ce qui amène ma deuxième différence, qui explique en même temps ce recrutement rapide. J'ai décidé d'inclure certains membres du premier essai dans cette nouvelle aventure qui ne seront pas des inconnus et pour vous aider, j'ai déjà pré-programmé le premier jumelage. Ensuite ce sera à vous, Maître du jeu, de décider s'ils restent ensemble tout au long de la partie ou non. Il y aura aussi une très grosse nouveauté que vous verrez dès le début et qui mettra, croyez-moi, beaucoup d'imprévus pour que chaque joueur ait une chance minime de réussir sa mission. Et cet ajout vous donnera à vous aussi une toute nouvelle source de motivation. Je peux vous certifier que vous voudrez faire mieux que les pirates d'eau et que votre motivation grandira au fur et à mesure que le jeu avancera.

Déçu du peu d'intérêt que manifeste le Maître du jeu, le Concepteur, même après ses nombreuses précisions, reformule différemment son dernier éclaircissement.

◄ — Je sais que pour l'instant ces explications vous semblent bien floues, mais elles s'éclairciront au fur et à mesure que le jeu se déroulera…

Sortant de son mutisme, ce dernier intervient enfin.

◄ — Mais… Je m'inquiète un peu… Avec ce que j'ai vu, les conformistes sont intelligents. Ils vont essayer encore une fois de déjouer vos plans ou d'essayer de les contrer et s'ils réussissent encore une fois encore à s'infiltrer...

Le Concepteur l'interrompt sans le laisser terminer.

◀ — J'aimerais beaucoup qu'ils essaient justement. Ils auront toute une surprise. Déjà que les vrais nouveaux sont moins nombreux. Hum... Et même, en y pensant bien, ce serait génial s'ils s'y aventuraient. Ces jeux, en effet, sont de bons moyens de se débarrasser, une bonne fois pour toute, de nos adversaires, c'est pourquoi j'espère qu'ils le feront.

◀ — Vous paraissez bien sûr de vous. Vous avez pourtant beaucoup à perdre m'a-t-on dit.

◀ — Je le suis effectivement et vous verrez bien. Avec ce que je viens de concevoir, il est inimaginable qu'ils en sortent, cette fois, s'ils s'y aventurent... Maintenant assez de bla bla, dit le Concepteur, d'un ton suggérant un début de frustration. Si vous voulez commencer le jeu, je dois terminer de programmer la première vague d'équipes, puis comme je l'ai fait dans la première aventure, je vous laisse les rênes et vous aurez le contrôle total de la partie. Donc, vous serez le seul Maître à bord. Ne me décevez pas. Puisque vous avez aussi hâte de commencer, je vous donne même cette première tâche essentielle à la réussite du programme. Hum... pendant que je termine mes dernières modifications, vous allez devoir visionner tous les mois de vie de nos participants, avant et aussi après avoir accepté de jouer avec nous. Vous verrez de petites surprises qui vous feront sourire et aussi comprendre pourquoi je les ai choisis. Soyez attentif et vous verrez de petites choses

»»»»

qui vous aideront même dans votre travail. Soyez certain que je resterai près de vous, car je sais que je devrai intervenir à quelques endroits dans votre visionnement.

***

Un groupe de l'armée en charge de surveiller les allées et venues d'appareils non répertoriés sur la planète Terre, voit apparaitre sur leurs écrans gigantesques de bien étranges points lumineux, venant de partout dans le monde. Voyant que ces points lumineux se dirigent tous au même endroit, le haut gradé du groupe envoie un escadron de chasse, situé sur un paquebot près du point central, voir de plus près ce nouveau phénomène.

»»»»

Rapidement les oiseaux de proie repèrent les cibles.

Cependant, le rapport du chef d'escadrille laisse le Général de la base quelque peu perplexe.

— Mon Général, écoutez ! Je n'arrive pas à croire ce que je vois. Cinq sphères lumineuses, pas plus grandes que moi, se dirigent vers le triangle. J'ai réussi à m'approcher de l'une d'elles et vous ne pouvez pas croire ce que j'ai vu à l'intérieur de la sphère. Un humain… et un lit.

La communication se brouille. On entend que des bribes presque inaudibles de mots et soudain un cri et la communication redevient normal.

— Oh ! Mais… Non ! Ce n'est pas possible. Escadron ! Revenez ! Général, ces sphères viennent toutes de disparaître. Elles se sont évaporées en entrant dans le triangle des Caraïbes.

»»»»

Je demande la permission de ne pas les suivre. Il est beaucoup trop dangereux de disparaître nous aussi. Permission de retourner à bord Général ?

— Permission accordée, répond ce dernier. Cependant, dès votre arrivée à bord, vous et vos hommes devront vous faire examiner et ensuite vous devrez me faire un rapport et cela de vive voix. Je veux être certain que vous êtes tous en pleine santé…

— À vos ordres Général, mais nous sommes tous certains de ce que nous avons vu.

***

Un matin comme les autres, les récalcitrants, enfin le reste du groupe, car ils sont de moins en moins nombreux, arrivent chez certains de leurs protégés, pour subvenir à leurs besoins primaires pour les garder en vie. Un silence inhabituel et anormal règne dans quatre de ces chaumières, ce qui rend les intéressés suspicieux. Rapidement, ils remarquent un mot étrange, mais cependant reconnaissable, affiché sur l'écran de chacun des ordinateurs ciblés.

Au même moment, au quartier général mis en place pour regrouper toutes les informations, un quatuor de messages arrive dans la boîte de courriel et ceux-ci sont presque identiques, enfin ils veulent dire presque la même chose.

« Stop… Un message et plus personne dans les maisons, m'indique que nous avons un nouveau problème. Une nouvelle lubie de l'intelligence artificielle vient de débuter. Besoin

»»»»»»

d'aide… Pouvez-vous savoir où ils les ont amenés cette fois ? Stop… »

Le chef comprend vite ce que ça veut dire, mais ce qu'il ne saisit pas est la raison pour laquelle un si petit nombre de participants ont été choisis.

« Je croyais oui, qu'ils allaient diminuer leurs nombres s'ils se risquaient à recommencer, mais si peu. Et cette fois, ces pauvres choisis seront vraiment seuls.»

Soudain celui qui gère les messages annonciateur de mauvaises nouvelles, remarque un message non lu, arrivé quelques heures avant les autres. Intrigué, il ouvre le message en lisant celui-ci à voix haute :

— « Stop… Si vous recevez ce message, c'est que je ne suis plus devant mon ordinateur. Je viens d'être appelé à participer au nouveau jeu de rôle. Cet appel ne me dit rien de bon car je ne me suis pas inscrit. Pourquoi alors me veulent-ils ? On dirait un piège, mais je dois y aller. J'espère cette fois être vos yeux et vos oreilles, enfin si je reviens bien sûr. Je sais que je mets ma vie entre leurs mains. Cependant, une force en moi me dit que je dois accepter. Je dois aller voir ce qui se trame au delà de ce jeu. Si je peux, je communiquerai avec vous. Cette fois, je ne les laisserai pas seuls. À bientôt j'espère.

Camilo[2]. »

— Oh non ! Ils sont maintenant en nombre impair avec cet idiot de Camilo. Ouf ! Ce n'est pas bon du tout et cette fois nous ne pouvons rien faire. Mais… Pourquoi ? Il dit, dans son message, vouloir nous aider et les aider. Mais le pourra-t-il ? Il n'est plus

[2] Camilo : Nouveau personnage de la Saga Tempête Tome 2 Pirates de l'air.

le même depuis que sa collègue et copine a disparu, il y a de cela un bout de temps. Enfin, depuis le premier jeu car elle faisait partie de nos infiltrés. Il nous a quitté car il ne se pardonnait pas d'avoir refusé de la suivre, par peur je crois. Depuis, il espère avoir la chance de la retrouver en participant au nouveau jeu. Mais comment est-ce possible, s'il n'a pas eu l'invitation ? Savent-ils qui il est ? Il faut être idiot ou totalement inconscient pour penser retrouver et sauver son amour perdu.

Quelque chose me dit qu'il y a anguille sous roche. Oui, il y a un piège là dessous. Mon Dieu ! Pourvu qu'il revienne…

»»»»

Chapitre 2

Raphaëlle n'a pas le temps de réagir, qu'elle reçoit un coup derrière la tête. Lorsqu'elle reprend conscience elle est seule, allongée sur une couchette. En se retournant, elle entend une voix rauque lui dire :

— Il faut toujours que tu agisses sans réfléchir, dit la Commère. On nous avait pourtant dit de préparer le terrain avant de revêtir masque et arme. Et toi tu as tout fait foirer, encore une fois. Tu es totalement imprévisible. Je les avais pourtant avertis…

— Mais je ne m'appelle pas… rouspète Raphaëlle.

»»»»

L'homme ne lui reste pas le temps de continuer.

— Tu continues encore avec ça. Tu sais depuis le début… On ne doit pas savoir nos vrais noms. Je ne veux rien savoir de toi, oh non… On est là que pour faire ce qu'on nous a demandé un point c'est tout. Et toi la Commère, tu mets notre mission en danger dès le début. Pour qui te prends-tu ? Tu n'as aucune importance pour moi et pour la mission, alors si tu ne te tiens pas tranquille, je te fous une balle entre les deux yeux compris. Et je ne blague pas, dit l'homme en faisant le geste.

Raphaëlle se crispe en voyant son visage impassible.

« Dans quelle galère me suis-je mis encore. Cette fois j'ai appris, je resterai tranquille. Enfin un temps soit peu… »

»»»»

Sa réflexion ne dure pas longtemps, car l'homme qu'elle vient de surnommer la bête continue.

— Est-ce que tu penses que ça me plaît moi, de me faire appeler Pigeon ? Et bien non ! Pas du tout et je ne m'en plains pas et surtout je ne fais pas tout foiré. Et bien voilà, durant ton repos forcé, ta mission a changé. (En lui jetant de nouveaux habits, il poursuit.) Mets ça et dépêche. À partir de maintenant, tu vas être notre espionne et c'est un conseil. Fais-le bien car tu n'auras pas de troisième chance.

Ce nouvel avertissement fait revenir instantanément le caractère prompt de la jeune fille, qui se lève pour lui faire face.

— Ah ! Mais… Tu me menaces là. Enlève ton masque que je vois ton visage pour te dire ma façon de penser.

»»»»

Sans pouvoir éviter le geste car il fut trop rapide, Raphaëlle reçoit une nouvelle gifle en plein visage, tellement forte que celle-ci la fait vaciller et tomber sur le matelas installé derrière elle. Instantanément Raphaëlle se frotte la joue. Elle sent même sous ses doigts la chaleur qui confirme sans même se regarder une marque sur sa joue.

Son geste, motive un pseudo-sourire sur le visage de Pigeon qui réplique:

— Silence, femme. (Quelques instants plus tard il poursuit.) Voilà, tu te tais enfin. Dis-toi que s'il me faut te traiter ainsi, je le ferai avec plaisir. Une femme pour moi, il faut la dompter et ça sera une joie de le faire avec toi.

« Mais qu'est-ce que ce mec. Qu'ai-je fais pour encore une fois mériter

»»»»

cela ? Voilà encore un nouveau jeu… Maître, cette fois je ne me suis pas inscrite. Vous n'avez pas le droit de m'imposer encore une de vos lubies. Ou du moins vous auriez pu me faire oublier l'autre. »

Un long soupir s'échappe de sa bouche et pour couronner le tout de grosses larmes coulent sur ses joues.

Pour démontrer qu'il n'est nullement impressionné par sa déconfiture, Pigeon approche sa main de sa joue, mais la jeune fille recule ce qui le fait s'esclaffer. Reprenant son sérieux, il continue:

— Ah ! Ah ! Fini les enfantillages. Tu n'es plus une enfant… Je dirais même plus que ton visage semble être rendu à un âge certain, mais enfin, là n'est pas la question. Je te laisse dix minutes pour te préparer. Et ta marque rouge sur ta joue fera l'effet qu'il se doit lorsque tu retourneras vers tes nouveaux amis, dit l'homme masqué tout en continuant de rire.

Même lorsqu'il fut disparu derrière le rideau, son rire résonnait encore dans la tête de la jeune femme tellement il était effrayant.

Rapidement, car Raphaëlle sait maintenant que Pigeon ne blague pas, elle s'active. Elle se revêt des vêtements jetés sur elle quelques instants plus tôt et tout de suite après en apercevant un miroir derrière le lit, elle se dirige vers celui-ci pour constater d'elle-même le résultat de cette gifle cinglante sur son visage.

En voyant son reflet dans la glace, elle fut sidérée… Pas seulement de voir qu'il y a une entaille profonde sur sa joue en plein milieu d'une grosse marque rouge, mais bien aussi de voir ce visage mature qu’elle ne reconnaît presque pas.

Par prudence pour ne pas faire de nouvelle gaffe en échappant un cri, elle met sa main sur sa bouche. Une pensée remplace le cri de surprise.

« Oh non ! Comme… Mais, je suis presque vieille… Je ne comprends pas. Pourtant hier je sortais de l’adolescence. Et maintenant, je suis une balafrée. Que m’est-il arrivé ma foi ? Où suis-je ? Que m’ont-ils fait ? Et surtout que dois-je faire ? »

Raphaëlle n’eut que le temps de se ressaisir avant que, de nouveau, le pirate Pigeon revienne. En la voyant prête, il semble satisfait et sa nouvelle réplique le confirme.

— Bon pour une fois tu fais ce qu’on te demande. Ah ! Oui même si je n’ai aucune obligation à le faire, mais bien parce que tu as écouté mes

»»»»

ordres… (Un instant il se tait et la regarde puis il poursuit.) Je t'avertis, tu auras droit à une autre baffe tout à l'heure.

Voyant que Raphaëlle recule il éclate encore une fois de rire et termine ainsi.

— Ah ! C'est super. Je fais peur à la Commère. C'est du jamais vu, mais je ne m'en vanterai pas car nous n'avons pas le temps. Je dois le faire pour la simple raison de mettre plus d'emphase sur ton retour et ce qui t'es arrivé, mais ne t'en fais pas, je te la donnerai sur l'autre joue, dit-il, le sourire aux lèvres. Je ne le fais pas par plaisir. Hum…en fait, un petit peu, je dois dire, mais ce n'est pas la raison principale et tu le sais. Je ne veux pas qu'on se méfie de toi. Ta nouvelle mission d'espionne doit réussir et il ne faut vraiment pas que les passagers

»»»»

s'imaginent que la femme masquée délirante et toi, ne font qu'une seule et même personne. Alors, tu dois endurer. Ah oui, deux dernières choses: change ta voix et ne t'avise surtout pas de nous trahir sinon tu ne vivras pas assez longtemps pour voir le résultat.

— Si tu le dis, répond Raphaëlle, en faisant la fanfaronne, mais toutefois en se sentant toute petite.

Une pensée suit aussitôt.

« Les prévenir de quoi, bon sang, je ne sais même pas ce que je fais là. »

Un souvenir effrayant refait surface à ce moment là.

« Oh que non ! Pas encore… Je suis dans un avion qui va être ou qui est déjà détourné. Pourquoi moi ? »

Très rapidement pourtant, ses pensées inquiétantes s'estompent et

»»»»

Raphaëlle revient rapidement au moment présent car Pigeon fait à nouveau un mouvement vers elle et le regard qu'il lui lance l'effraie encore plus. Il poursuit ses menaces qui réussissent sans l'ombre d'un doute à maintenir Raphaëlle dans la peur.

— Je t'avertis de nouveau et tu as intérêt à m'obéir, dit-il la prenant par le bras pour la lever. Bien, alors tu es prête. Dernière consigne, tu dois trouver le moyen de revenir ici deux fois d'ici trois heures. Nous n'avons pas toute la vie pour aboutir et tu dois avoir des informations à nous donner. Tu ne commets pas l'erreur de ne pas réussir car je me ferai une joie de t'éliminer. Dis-toi que tu as la chance d'avoir des personnes haut placées qui te protègent, mais ça ne durera pas toute la vie.

»»»»

Après plusieurs poussées très agressives dans son dos, Raphaëlle se retrouve dans l'allée. Deux autres hommes masqués l'attrapent par les bras et la tirent en avant, comme si elle ne savait plus marcher.

Arrivée au centre de l'allée, elle entend cette voix qui traumatiserait n'importe qui et qui semble lui être familière.

— Mesdames et messieurs, si l'un d'entre vous essaie encore de communiquer avec quiconque de l'extérieur, je l'élimine aussitôt. Cette dame a la chance que je sois de bonne humeur et c'est la raison pour laquelle elle s'en est sortie indemne ou presque, mais il ne faut pas jouer avec la roulette de la vie.

La nouvelle gifle qu'elle reçoit sur l'autre joue en cet instant est foudroyante et très douloureuse. Sans

»»»»

conteste, Raphaëlle sait que le résultat serait encore plus apparent que la première. Cette dernière lui fait même perdre pied et elle se retrouve sur les genoux d'un parfait inconnu, qui de plus, fait mine de ne pas la voir.

« Bon Dieu ! Qui a-t-il dans ses gants. Un coup de poing Américain ou quoi ? Aïe! Que ça fait mal » pense-t-elle, en essayant de se relever.

L'homme sur lequel elle est tombée ne bouge pas d'un poil. Il n'essaie même pas de l'aider. Lorsqu'elle le regarde, elle comprend tout. Le jeune est effrayé.

Tout de suite après Pigeon, l'homme masqué, poursuit en se retournant.

— Personne d'autre n'aura cette chance, alors tenez vous tranquille.

»»»»

Se tournant vers l'inconnu en se tenant la joue, Raphaëlle dit furax.

— Merci beaucoup !

L'homme répond:

— Domo arigato !!! Why ?

— Mais dans quoi suis-je tombée ? Il parle japonais anglais. Et quoi encore ?

Au loin elle entend le rire ignoble de Pigeon et ça la rend encore plus à pic.

***

Basem[3] qui venait de se réveiller dans ce siège, vit atterrir sur ses genoux la pauvre femme. Et derrière elle, apparaît trois lourds gaillards

---

[3]Basem : Nouveau personnage de la Saga : Tempête Tome 2 Pirates de l'air

»»»»

masqués et armés de surcroît. Très rapidement il réfléchit:

« Ne te mêle pas de ça, elle doit l'avoir mérité. »

Pour ne pas intervenir, il fait la sourde oreille et pour y arriver Basem entre dans ses propres pensées.

« Mais que fais-je ici au juste ? On lui avait parlé d'un jeu lorsqu'il s'était inscrit, un jeu dans lequel on aurait l'impression d'y être vraiment. Merde ! Ça ne peut être que cela, des masques, des mitraillettes, des pirates. Je ne veux pas... Oh ! Non ! Il faut que je me rappelle. Je dois en avoir des souvenirs ! Hum... Quelques bribes me reviennent. Je dois tout repasser dans ma tête. Oui ça vient. Je me revois assis... »

***

»»»»

Basem est aux anges, lorsqu'il reçoit la réponse du nouveau concours.

Voilà maintenant cinq longues années qu'il attend de savoir s'il y aura une nouvelle aventure.

Pourtant lorsqu'il avait reçu l'invitation, il avait hésité car on l'avait écarté de la première aventure et s'il on ne le prenait pas cette fois, il ne s'en remettrait pas. Cependant, même avec cette peur il ne peut résister à la tentation et voilà que le fruit venait d'arriver. Il attend quelques secondes avant d'ouvrir, mais pas plus car il a très hâte de savoir.

«◀ Cher Monsieur Basem,

Pour vous remercier de votre persévérance, je vous annonce que

»»»»

vous allez participer à cette nouvelle aventure… »

***

Soudain Basem ouvre les yeux de nouveau et regarde devant lui. Ces yeux grands ouverts, scrutent le siège comme s'il voulait trouver une réponse mais ce qu'il voyait ne lui plaisait pas. Il réfléchit alors sur le sens du jeu:

« Ouais… Lorsque je m'aperçus qu'à la fin du message, il n'y avait rien de vraiment précis et important, je me rappelle avoir eu un doute. Non un mauvais pressentiment et j'aurais dû l'ignorer lorsque plus tard, j'ai eu un nouveau message m'indiquant que des installateurs viendraient directement chez moi, installer l'outil qui me propulserait dans la nouvelle aventure.

»»»»

Ça n'avait pas de sens, voyons. Quel idiot j'ai été ! Je me souviens aussi avoir été totalement surpris par l'objet bien installé dans mon salon. Un lit… où je devais m'installer pour dormir lorsqu'on me dirait de le faire. Et comme un sot, je l'ai fait au moment indiqué et me voilà ici et il faut vivre avec ma décision. Hum… À mon souvenir, je me rappelle qu'on devait être en équipe. Mais de combien ? Ah oui ! De deux… (Se tournant pour jeter un petit coup d'œil à la malheureuse, il poursuit son questionnement.) Et elle, est-ce qu'elle fait partie de mon équipe ? Comment le savoir ? Comme je regrette maintenant d'avoir été si heureux de ma participation.

Soudain, il quitte ses pensées néfastes pour revenir au présent, car la femme lui parle d'une voix hystérique.

»»»»

— Merci beaucoup.

Basem ne comprend pas pourquoi elle le remercie. C'est pourquoi il réplique.

— Domo arigato ! Why ?

« Mais… Qu'est que ce jeu ? Je n'ai jamais parlé cette langue. L'anglais oui, mais pas beaucoup. Oh mon Dieu, que je vais en baver. »

Soudain il entend une voix qui résonne dans sa tête et celle-ci lui répète sans arrêt ces paroles.

« La première chose à faire est de trouver ton coéquipier. Tu as de un à trois essais pour les arrêter et pour réussir ta mission. »

Cette voix très rapidement, lui donne un horrible mal de tête. Il met ses mains de chaque côté de son crâne et hurle:

»»»»

— Enough !!!

Se rendant compte qu'il venait encore de s'exprimer en anglais, il s'interroge:

« Mais arrêtez de me mettre en si mauvaise posture. Et cessez cela tout de suite. J'ai compris ce que je dois faire. »

Par la suite pour voir la réaction, il tourne la tête de nouveau vers la passagère brutalisée et s'aperçoit qu'elle le regarde, les yeux grands ouverts de surprise. Pour essayer d'expliquer, il lui dit:

— Sorry madame, je vais faire attention à mon langage. My name est Basem, and you ?

— Je m'appelle Co… Raphaëlle. Mais combien de langue parlez-vous ? Ou plutôt devrais-je dire mélangez-vous ?

»»»»

Cette question déclenche une réaction en chaîne dans son corps. Sans trop savoir pourquoi toutefois, en cet instant, il venait de comprendre que cette femme était celle qu'il recherchait, sa coéquipière.

Chapitre 3

◄ — Voilà ma première question après ce début de visionnement, Concepteur. Vous ne leur dites pas le nombre d'essais, pourtant je croyais qu'ils avaient tous trois essais. Pourquoi avoir changé les règles ?

◄ — Je n'ai rien changé du tout. Je les ai juste amené à le croire. Et de plus chaque participant se souviendra que de certains règlements. J'ai pris cette décision lorsque je me suis aperçu qu'aucun d'eux ne les avait lu tout en entier dans la première aventure. Ce sera leur punition, mais ils ne s'en rendront même pas compte. Ah oui ! J'ai ajouté aussi un quatrième essai, que vous serez en mesure d'utiliser si vous le jugez opportun, réplique le Concepteur. Vous comprenez maintenant mon but…

◄ — Génial ! Une possibilité de quatre. Vous êtes génial, répond le Maître du jeu.

◄ — Oui et j'ai choisi aussi d'inclure dans la partie que quatre… plutôt cinq nouveaux joueurs et vous avez vu, il y a quelques instants, le premier. De même, qu'après réflexion, j'ai pris la décision de ne pas mettre d'annonce, en changeant mon mode de recrutement. Pour cet essai, j'utilise quatre humains qui avaient été écartés du premier jeu et un autre, qui je crois, te plaira, car jadis il a été dans la famille des dissidents.

◄ — Mais comment ? En êtes-vous certain ?

»»»»

◄ — Oui ! Absolument, car j'ai mes sources et elles sont très fiables.

◄ — Wow ! Génial ! Et puis-je savoir quel individu des cinq ?

◄ — Oui, très bientôt. Plus tard, je vous ferai voir l'acceptation des quatre derniers, mais avant je dois vous dire que j'ai déjà programmé quelques surprises pour le récalcitrant, si vous me le permettez.

◄ — Certainement Concepteur ! Et j'ai très hâte de les connaître. Je sais d'ores et déjà que ce n'est pas le dénommé Basem.

◄ — Vous avez raison sur ce point Maître, et je peux vous dire que vous n'attendrez pas longtemps pour voir la première surprise. Maintenant il est temps de vous faire connaître les quatre autres. Vous verrez une petite description d'eux, puis leurs réactions lors de l'acceptation. On commence

»»»»

par la seule femme du quintuplé de nouveaux.

***

Falida[4], quant à elle, est une nouvelle accro à ce mode de vie. Elle était une des seules neutres des non initiés. La manière donc les humains géraient le temps qu'ils passaient sur terre ne l'intéressait absolument pas. Elle ne se mêlait pas du combat, pourtant inégal, que se livrait l'intelligence suprême et le regroupement qui le combattait.

Cependant, en un seul jour tout bascula. Un grand changement s'annonce pour elle. Un jour où rien de plus qu'ouvrir son ordinateur ne la

[4] Falida : seule femme de la nouvelle équipe de la Saga : Tempête Tome 2 Pirates de l'air.

tentait. Une heure de recherche et encore rien d'intéressant, lorsque soudain, un message apparaissant disant qu'elle avait la possibilité d'une nouvelle aventure.

Cela dit, Falida n'était pas vraiment une nouvelle accro, mais bien une ancienne qui, faute d'avoir été acceptée, avait décroché de ce mode de vie. Cependant elle était restée neutre dans le conflit. Elle faisait depuis ce temps, rien que le nécessaire pour ce maintenir en vie.

En moins de deux, elle clique sur le bouton «accepter».

Pourtant, pendant les deux semaines qui suivirent, elle n'eut aucune nouvelle, comme si encore une fois on l'avait évincé ou mise de côté. Ce qui la rendit furieuse et une tension commença à se faire sentir.

»»»»

Comme si on la surveillait, quelques instants plus tard un courriel apparut dans sa boîte.

«◄ Chère Madame Falida,

Félicitations ! Vous êtes une des gagnantes. Vous allez participer au tout nouveau jeu de rôle. Nous communiquerons avec vous pour les derniers détails. Toutefois vous ne devez en parler à personne, sous peine d'être disqualifiée, si vous ne prenez pas en compte cet avertissement.

En toute amitié

Le Concepteur »

— Wow ! Il se prend au sérieux. Mieux vaut l'écouter, car cette nouvelle aventure m'intrigue de plus en plus et je veux en faire partie.

»»»»

***

Volgan[5] est très excité en lisant le message du Concepteur, car il ne pensait vraiment pas être approché de nouveau, surtout que lors de la première aventure il n'avait pas été sélectionné. C'est pourquoi il a été si difficile d'accepter l'offre du Concepteur sans même s'être inscrit. De toute façon, il n'aurait pas pu le faire car il n'y a même pas eu de nouvelle annonce. S'être inscrit la première fois, était en soit un défi de taille pour lui, car c'est un solitaire renfermé et il ne croyait pas que son genre de personne pourrait les intéresser et le fait que sa candidature n'ait pas été retenue, lui donna raison. Pourquoi, alors ont-ils changé d'idée ?

---

[5] **Volgan** : Nouveau personnage de la saga : Tempête : Tome 2 Pirates de l'air

»»»»

« Il y a anguille sous roche et je sais que je dois me méfier, je le sens. Cependant pour mon bien, je dois accepter. »

Toutefois, il est trop intelligent pour ne pas voir les signes, le message qu'il vient de recevoir lui en dit long sur la moralité de ce jeu. Depuis longtemps déjà, il a appris à vivre seul, parce que les gens ne comprenaient pas son don de voyant et lorsqu'ils s'en apercevaient, ils s'éloignaient de lui. La signification du message était, il en est certain, d'une certaine façon subliminale.

« Le fait de seulement écrire que nous ne pouvons pas en parler entre nous et surtout à personne sous peine d'être exclu est inquiétant. Le Concepteur crée la peur dans le cerveau des personnes choisies et il y a une raison à cela. Je devrai me méfier,

»»»»

mais si je veux prouver à tous que je peux vivre en société, je dois faire partie de cette aventure. Cependant, ça ne sera pas de la rigolade, car je détecte qu'il y ait une raison à ce nouvel essai. Je serai un cobaye pour eux, comme tous ceux qui y participeront. Même si ce jeu me fait peur, je dois y aller. C'est ce que je dois faire », songe-t-il en lisant encore une fois le message d'acceptation.

***

◄ — Celui-ci comme tu peux voir est assez dangereux, mais il peut aussi être très amusant avec son don. Ça sera à toi de décider si tu l'envoie dans le jeu avec ou sans, dit le Concepteur.

◄ — Hum… Je vois.

»»»»

***

Iann[6] était jeune et insouciant lors de sa première inscription. C'est la raison pour laquelle on ne l'a pas pris. Dans celle-ci, il fait un parfait candidat, même si encore quelquefois il ne réfléchit pas avant d'agir. C'est même une des raisons de sa participation.

Comme prévu lorsqu'on lui envoya la demande de participation, il accepta sans hésiter.

Cependant, on a pris quelques temps pour valider. Car un de ses traits de personnalité les avait fait hésiter quelque peu, la famille.

Ce jeune est sans nul doute presque le seul à avoir encore un sentiment

---

[6] Iann : Un des nouveaux personnages de la Saga Tempête Tome 2 Pirates de l'air.

»»»»

familial et il ne veut pas décevoir celle qui l'a conçu. Une pensée de Iann avait fini de convaincre le Concepteur.

« Je ne lui dirai rien. Je serai sûrement plus ici lorsqu'elle viendra, car elle ne me rend visite qu'une fois ou deux par mois tellement elle est occupée. Je suis désolé maman, mais ce jeu m'obsède, alors je dois y participer. »

Ce n'est pourtant qu'une semaine plus tard qu'il reçoit le message d'accueil.

Très excité mais gardant son calme, une pensée lui vient.

« Je respecterai la règle. Je ne sais pas comment je vais faire mais je ne dirai rien à personne. Nous verrons bien lorsque je devrai quitter mon foyer. »

»»»»

***

Camilo reçoit un drôle de message d'un organisateur de jeu qu'il a vu passer mais qui avait quelque chose qui lui déplaisait. C'est pourquoi, il ne s'était pas inscrit.

— Hum… Pourquoi m'envoyer un courriel ? Comment ont-ils su que leur divertissement m'intéressait ? Dit-il tout haut en regardant son ordinateur de tous les côtés. Sont-ils rendus au point de nous observer ?

Toutefois, il ne put s'empêcher de lire le courriel.

« ◀ *Monsieur Camilo,*

Je me permets de vous relancer. Nous aimerions vraiment que vous reconsideriez votre décision de ne pas vous inscrire. Les autres concurrents ont besoin d'un adversaire comme vous. Alors si vous changez d'idée, faites-nous le savoir dans les plus brefs délais. La sélection n'est pas encore tout à fait terminée et il y aurait une place pour vous. »

En voyant ce message, une pensée survient:

« Hum… Pourquoi veulent-ils m'avoir à tout prix. J'ai pourtant quitté le groupe des récalcitrants depuis for longtemps. Je dois en avoir le cœur net, mais je vais prendre mes précautions avant de m'engager dans ce piège évident » cogite ce dernier.

Aussitôt, il compose un message et le programme pour qu'il parte, si l'ordinateur n'était plus utilisé durant plus de sept heures.

Sa précaution faite, il répond au courriel.

»»»»

« *J'ai changé d'idée et je serais honoré de participer à votre jeu. Si vous voulez encore de moi.*»

« Envoyer ! Il ne me reste qu'à attendre. »

Quelques minutes suffirent pour avoir la réponse.

« Pressés les messieurs !!! » songe Camilo, tout en l'ouvrant.

«◀ Bienvenue... »

***

◀ — Tiens donc voilà le récalcitrant ! Et vous allez laisser le message arriver ! répond le Maître du jeu.

◀ — Mais certainement, il faut qu'ils comprennent que nous avons le

»»»»

maillon faible de leur groupe entre les mains.

»»»»»»»

»»»»

Chapitre 4

Tous, le même jour, les nouveaux joueurs reçoivent le même colis et la main d'œuvre pour installer le nouveau gadget qui est essentiel à leur participation, comme le Concepteur l'avait stipulé.

Sans un mot, les installateurs se mettent au travail. Après plusieurs heures d'effort, les joueurs admirent le résultat. Tout de suite après, comme ils l'ont fait à leur arrivée, ces personnages insolites, sans attendre les remerciements appropriés, quittent les lieux.

»»»»

En refermant la porte de leur demeure, les cinq humains choisis eurent la même réflexion.

« Ces gens sont tellement bizarres. Ils se comportent comme des automates. »

Un petit doute s'installe alors dans leurs têtes, mais bien vite, il se dissipe. Car comme si c'était normal un message apparait aussitôt sur chacun des cinq ordinateurs.

« *Il est maintenant temps de vous installer confortablement dans votre nouveau lit et de vous connecter à celui-ci. Le jeu commencera bientôt. N'oubliez pas de vous attacher. On ne sait jamais.* »

Tous, intrigués par ce message et le nouveau gadget en forme d'avion, ils obéissent sans se poser trop de questions.

»»»»

***

◀ — Voilà, ils sont tous installés et nous n'avons eu aucun imprévu. Sauf que vous avez remarqué, ils ont commis encore une fois la même erreur que lors de mon premier essai. Tous les participants, sans exception, ont arrêté de lire, lorsque nous leur avons écrit qu'ils devaient se préparer au départ de l'aventure et aucun n'a vu le second message secret qui s'effacera en dix minutes de leur écran. Celui-ci, malheureusement pour eux et heureusement pour nous, leur expliquait les règles de ce nouveau jeu. Les effets de cette grave erreur se manifesteront très tôt dans l'aventure. Dès leur réveil, j'effacerai de leur mémoire la seule information qui pourrait nous nuire. Ceux qui sont

»»»»

venus et repartis sans un mot de leur maison et qui ont installé leur lit futuriste. Maintenant, ils sont à nous et nous pourrons en faire ce que nous voulons dans ce jeu. Dès le départ de cette compétition, ils sentiront notre supériorité et ce qui aurait pu les aider, par leur inconscience, fera le contraire. Tout cela par la faute de leur impatience et de par leur ignorance, ils seront dès le départ dans de beaux draps et même au pire causeront probablement leurs pertes. En tout cas, ils s'en mordront les doigts. Ça, c'est une promesse que je vous fais. Maintenant, il ne me reste qu'à les déplacer vers le lieu d'où partira le jeu. Avez-vous des questions? Sinon je continue le processus de cessation des pouvoirs, dit le Concepteur.

◄ — Mais ! Mais, oui, j'en ai une seule. Je pensais que les participants seraient en nombre pair. Ils auraient été faciles à gérer. Pourquoi avoir choisi un nombre impair ?

◄ — Très bonne observation, mais vous avez ignoré une de mes explications. Il y aura des anciens participants dans celui-ci. Et ils apparaîtront tantôt comme des bons et tantôt comme des méchants dans l'aventure et même ils pourront être en même temps les deux. Hum… Je vois au sourire que vous m'offrez, que vous venez de comprendre où je veux en venir. Oui cher Maître, vous aurez tout le loisir de faire ce qui vous amuse dans celui-ci. Vous pouvez même jouer avec les souvenirs de tous et chacun.

◄ — À la bonne heure ! Maintenant, je suis prêt à commencer mon apprentissage, répond le Maître.

»»»»

»»»»

Chapitre 5

◀ — Eh bien vous voulez d'une humeur plus sereine et juste à temps pour voir les derniers joueurs qui se réveillent. Leurs souvenirs sont basiques comme vous le constaterez et, il n'en tiendra qu'à vous de leur révéler ou non, les informations dont ils auront besoin pour réussir leur mission. Sauf en quelques occasions où je me suis mêlé du dénouement, vous serez le seul Maître à bord et même si j'ai mis mon grain de sel à quelques endroits, vous pourrez toujours en rajouter un plus gros, dit le Concepteur.

◀ — Enfin ! Bien, comme dit à l'instant, je suis plus que prêt et ce temps d'attente et comme cet ancien proverbe dit si bien: Tout vient à point à qui sait attendre. Et durant ce temps j'ai mijoté aussi quelques surprises avec des épreuves qui se termineront croyez-moi, dans un bain de sang qui ne pourront que vous plaire et ces obstacles, pas grand monde pourrait les traverser sans en perdre le contrôle et la santé mentale. Maintenant, ils sont à moi, dit le Maître en lâchant un cri bestial.

***

« Mais, c'est merveilleux ! » pense Falida, en ouvrant les yeux. « Je me sens vraiment comme si j'étais en plein vol. Il faut que je me souvienne. Oui, oui… Ça me revient… Formez équipe… Jeu aérien… Vous êtes tous dans un des avions qui ont fait partie

»»»»

des… Catastrophes de 1950 à 1970… Crash. Aye ! Hum… Ce mot crash me donne des frissons. Comme les Concepteurs sont bizarres. C'est n'est vraiment pas beaucoup d'informations, mais c'est un début. Je sais que je suis positive et je dois le rester. Toujours trouver la solution ou le bon côté des choses… J'ai toujours voulu voler et bien je le réalise, maintenant il faut trouver un moyen de m'amuser. »

Pour concrétiser sa pensée Falida regarde tout autour d'elle à la recherche d'un ou même mieux, de deux alliés. Mais en voyant les gens autour, rapidement un doute s'installe.

« Mais… Cette ou ces personnes m'aideront à quoi faire au juste ? Là est la question et aucune réponse ne me vient pour l'instant. Peut-être me viendra-t-elle lorsque je trouverai mes coéquipiers ? Mais pour cela aussi je

»»»»

n'ai pas de mode d'emploi. Bon alors j'improviserai et j'irai par essai erreur, je n'ai pas le choix. Hum… Qu'est-ce que je dois faire ? » cogite-t-elle en continuant son observation. « Et pour couronner le tout, plus je regarde et plus il ne semble y avoir personne qui me convienne. Ouais, je suis une idiote. Ceux de mon équipe, s'ils me regardent trouveront aussi que je ne conviens pas. Ouf… Ce jeu est bizarre. J'observe les gens autour de moi depuis un moment et aucun ne semble surpris d'être ici. Et c'est évident que si un être humain part du même endroit que moi et se réveille ici… Je suis certaine que cette personne aura tout comme je l'ai eu, une face en point d'interrogation. Enfin, c'est une réaction naturelle aux gens de mon espèce, mais ils semblent tous au bon endroit. Je suis larguée là, mais je dois continuer mon observation. »

»»»»

Un instant plus tard, son regard se pose sur une femme qui se réveille tardivement.

« Oh ! Peut-être que cette femme est la bonne. Essayons pour voir ! Le pire qui pourrait arriver, c'est qu'on me prenne pour une cinglée et je me demande si je ne le suis pas en fait. »

En se déplaçant vers la dame une idée de la façon de l'aborder germe dans sa tête.

Arrivée près d'elle, Falida se penche et lui chuchote:

— Désolée de vous déranger madame. Je sais que la question que je m'apprête à vous poser vous semblera un peu suspecte, mais l'avion me fait toujours cet effet de désorientation. Voulez-vous me dire sur quel vol nous nous trouvons et vers où nous allons, s'il vous plaît, merci ? termine-t-elle en la regardant.

»»»»

— En effet, votre question me semble bizarre. Vous n'avez pas votre billet car sur celui-ci tout est indiqué. Pourtant à l'embarcadère on vous le demande… billet ? Et… Le vol a été annoncé… Oui vraiment, votre question est bizarre, mais comme je suis une bonne personne et que je crois en mon prochain, je vais croire en votre explication de désorientation, qui effectivement peut arriver même si ça semble peu probable. (Un moment la femme garde le silence et la regarde puis elle poursuit.) Nous sommes sur le Vol 739 de l'appareil Lockheed Constellation. Et parce que la désorientation peut parfois faire perdre la notion du temps, je vous donne même le jour, le mois et la date du vol dans lequel nous nous trouvons. Nous sommes le 16 mars 1962. Avez-vous aussi besoin de l'heure ? Oh non ! dit-elle en regardant le bras de Falida.

»»»»

Vous avez votre montre, à la bonne heure. Maintenant, si vous me le permettez, j'aimerais grignoter un petit quelque chose et je ne tiens pas à prolonger cette discussion. Merci, Stuart… Allez vous rassoir, avant que je prévienne le Stuart, termine la jeune femme en se tournant vers un enfant assis à ses côtés.

Pour ne pas éveiller plus de soupçons, Falida revient s'assoir avec les yeux agrandis par la peur de sa nouvelle sensation de catastrophe qu'elle venait d'avoir en écoutant la dame. Dans sa vraie vie, elle avait toujours eu une grande passion et cela depuis son tout jeune âge. Depuis que sa mère lui avait raconté le triste destin de certaines personnes de son entourage. Ceux qui avaient trouvé la mort dans un accident d'avion et pire encore, n'avaient pu être enterrés dignement faute de corps. Elle s'en rappelait.

« Oh mon Dieu ! Tout ces crashes et celui dans lequel je suis en fait partie. Pourquoi m'ont-ils envoyé dans cet avion qui autrefois a fait l'objet d'une de mes recherches. On n'a retrouvé aucun survivant ni morceau de l'épave. Combien de fois ai-je pensé avoir trouvé ce que personne n'avait réussi à faire. Et cet avion fait partie de la liste. »

Tout semble concorder avec les quelques bribes d'explications dont elle se souvenait.

« Vu mes recherches... Ce jeu serait-il le moyen de trouver enfin ce qui c'est vraiment passé ? »

En comprenant, Falida blêmit, car elle était maintenant dans l'avion de ses recherches et celle-ci avait l'air

»»»»

réel. Ce gros porteur allait s'écraser et elle était y était passagère.

« Veulent-ils vraiment que j'empêche cet écrasement ? se demande-t-elle. »

Falida prit quelques minutes pour reprendre ses esprits.

« Réfléchit vite ma fille, car je sens que les organisateurs sont frileux et je comprends qu'ils ne nous donnerons pas beaucoup de temps pour une réflexion approfondie sur la solution et je peux même affirmer sans me tromper, que le temps pour cet avion d'être intact dans les airs, est compté. Bien joué Concepteur. Si je me rappelle bien ce que j'ai lu sur le sujet, les enquêteurs n'ont rien trouvé pour expliquer le crash. En tout cas, c'est l'explication qu'ils ont donné. Je vais essayer d'être meilleure qu'eux. Ça ne les ramènera pas mais au moins… »

»»»»

Soudain, comme si on voulait la déstabiliser, une grande turbulence empêche Falida de continuer sa réflexion.

« Il faut que je trouve au plus tôt mon ou mes coéquipiers pour que nous accordions nos flûtes, songe cette dernière en se levant. »

Aussitôt dans l'allée une hôtesse interrompt son mouvement.

— Madame, S.V.P. Reprenez votre place. Vous devez mettre votre ceinture, car nous entrons dans une zone de turbulence et tous les passagers doivent regagner leur siège respectif et n'en sortir que lorsque le tout sera réglé.

— Mais…

— Soyez gentille madame et ne me forcez pas à utiliser la force. Je vous rassure, ça ne devait pas être long.

»»»»

Aussitôt que le calme sera revenu, nous vous le ferons savoir.

***

— Et merde, où suis-je ? dit Volgan en se réveillant en sursaut.

— Assez ! Je vous donne encore une dernière pilule contre le mal de l'air, et si ensuite vous ne vous calmez pas, je vous ferai enfermer pour de bon et cela pour le reste du voyage. Vous avez assez fait peur aux autres passagers. Une dernière fois, monsieur, je le maintiens et je vous le demande, restez calme, réplique l'hôtesse d'un ton autoritaire.

— Mais… Mais… Je viens seulement de me réveiller et je veux simplement savoir où je suis. Pardon…

»»»»

Mais pourquoi je suis tout seul avec vous ici. Je ne comprends pas bien là.

— Mais pour qui me prenez-vous ? Une idiote ? En jouant les amnésiques, vous ne ferez qu'aggraver votre situation et si vous continuez à vous jouer de moi… (Un instant, elle le regarde sévèrement et elle reprend.) Je vous ferai arrêter dès l'atterrissage. Maintenant fini de jouer. Et je vous le répète une dernière fois, je ne suis pas une idiote et cessez de me regarder avec vos yeux de chien battu, ça ne marche pas davantage et vous ne gagnerez pas ma sympathie. Et pour la dernière fois, je vous répète que nous sommes sur le sur le vol 739 et que nous n'allons pas nous écraser. Que le temps est magnifique en ce trois novembre et de plus, le Commandant sait ce qu'il fait.

»»»»

— Mais… Je ne vous ai rien demandé… Oh mais… Répétez ce que vous venez de mentionner ?

Mais avant qu'elle ne répète une pensée l'assaille soudain.

« Comment est-ce possible ? Cogite Volgan. »

Sans lui laisser le temps de poursuivre sa pensée, la jeune femme intervient une nouvelle fois.

— Allons monsieur, ne soyez pas sot et ne me prenez comme telle. Allons avalez cette pilule et restez tranquille. Si vous êtes sage, ensuite je vous laisserai retourner à votre siège.

Et elle lui glisse à l'oreille ensuite:

— Calme-toi voyons, ça n'a rien donné de bon la dernière fois. Nous devons avoir un meilleur plan.

»»»»

Ces dernières paroles glissées dans l'orifice de son oreille droite n'eurent pas l'effet escompté, car l'état mental de Volgan avait été durement touché durant son sommeil et il ne put contenir ses paroles.

— Non! Vous ne comprenez pas !

Soudain un nouveau personnage vint se poster devant la jeune fille et celle-ci se redresse sous l'effet de son regard.

— Je vous l'avais pourtant dit que vous n'y arriveriez pas toute seule. Il fallait pourtant que vous essayiez. Une chance que je ne vous ai pas laissé toute seule. Cette fois, je m'en occupe. Vous devez me laisser faire Maria[7], je m'en occupe, dit le gros costaud, en entrant dans la cale.

---

[7]Maria : Personnage apparaissant dans le premier tome de Tempête, Pirates des mers

»»»»

— Non, non, laisse, dit-elle. Je lui donne les calmants, dit l'hôtesse en les jetant dans la bouche ouverte de Volgan, toujours estomaqué par l'apparition de l'homme.

Elle réussit toutefois à lui chuchoter un autre avertissement.

— Arrêtez de faire l'idiot et écoutez car si je ne peux vous protéger personne ne le pourra. Vous avez bien compris ? Je suis là pour vous aider, mais laissez-moi le faire, termine-t-elle en se relevant.

Sans attendre l'effet et voyant qu'elle n'avait plus le choix, Maria ne pu que faire l'action qui rendrait impossible la discussion avec son idiot de protégé. Dans un geste volontaire avec sa crosse de fusil, elle assène un coup derrière sa tête, ce qui assomme instantanément Volgan.

Puis elle dit en regardant l'intrus

»»»»

— Tu vois, je n'avais pas besoin de toi pour le maîtriser. Maintenant il en a pour un bout de temps avant de reprendre ses esprits.

— Et lorsqu'il le fera, il est aussi bien de se ternir tranquille ou sinon il quittera ce monde avant nous tous, dit le lourdaud en s'éloignant.

Maria le suivant de près rajoute.

— Bla… Bla… Bla…

Toutefois sa pensée est toujours vers Volgan.

— Cette fois encore, tu ne me seras d'aucun secours. Je croyais vraiment avoir trouvé la personne qui m'aiderait à gagner, mais une fois de plus, je n'ai pas eu de chance. Je suis tombé sur le pire des idiots. J'espère que cette belle bosse sur la tête te replacera les idées, mais j'en doute, avec le peu que je viens de voir. Tu es incorrigible et si je

»»»»

ne fais pas attention, je coulerai avec toi. Je dois trouver un moyen de quitter ce lieu avant qu'il devienne un tombeau et tu ne seras pas du groupe de rescapés. »

»»»»

Chapitre 6

Camilo se réveille en sursaut. Assis à ses côtes, une jeune fille, d'environ sept ans, lui dit:

— Vous êtes nerveux en avion monsieur. Si vous le voulez, je vous prête mon lapin. Moi, il me calme. Peut-être acceptera-t-il de faire la même chose pour vous ?

— Sofia ! Laissez ce jeune homme tranquille, réplique la maman assise de l'autre côté. Il est trop vieux pour serrer un toutou. Tu le rends sûrement mal à l'aise.

— Mais non, madame, elle ne me dérange pas, répond Camilo, qui, pendant un bref moment, croise les yeux de la petite tout en continuant de lui parler. C'est vrai que je suis un peu nerveux, mais ce n'est pas juste l'avion qui me fait cet effet, jeune fille. Tu es gentille. Si tu le veux bien, j'aimerais garder ton lapin entre mes bras. Il m'apaisera sûrement et si je peux me reposer quelques instants, ça m'aidera peut-être à aller mieux.

La petite fait un signe affirmatif de la tête en souriant, puis se tournant vers la femme à ses côtés, elle dit:

— Tu vois maman, tu avais tort. Mon toutou lui fait du bien, dit la petite en se nichant au creux des bras de cette dernière.

— Oui, petite démone, tu as toujours raison, réplique-t-elle.

Les dernières paroles, entre la mère et la fille, firent sourire Camilo. Pour se concentrer et se détendre tout en faisant plaisir à la petite Sofia, en

»»»»

serrant la peluche sur son cœur, il referme les yeux. Ses pensées le ramènent vite vers des souvenirs qui l'empêchent de sombrer dans un sommeil réparateur.

« Bon Dieu ! Il fallait que ce maudit jeu commence dans un avion. Je ne sais même pas ce que nous devons chercher et de plus, j'ai le mal de l'air. Et plus encore, ce qui me ronge de l'intérieur est que ces maudits fabricants de jeu m'ont bien eu. Ils ne m'ont presque pas donné d'informations sauf celle qui peut me faire perdre ma motivation. Nous sommes par équipe de deux et cela m'empêche… (Il ne va pas au bout de sa pensée et poursuit par une autre.) Ciel non! Ils ne gagneront pas cette fois. Je suis plus fort que ça. Il est trop tard pour m'apitoyer. Si je réussis ce jeu, alors peut-être que ça sauvera plus de personnes que je ne le pensais… »

»»»»

Quelques instants plus tard toutefois, il réussit à s'assoupir.

Mais le réveil est encore plus brutal. C'est en sursautant cette fois, qu'il ouvre un œil. Il ne sait pas combien de temps il a dormi, mais la nausée est toujours là. Il aperçoit une hôtesse et lui demande:

— Mademoiselle, auriez-vous quelque chose contre le mal des transports ? S'il vous plaît.

— Bien sûr Monsieur, je vous apporte cela tout de suite.

— Merci… J'ai une peur bleue en avion. J'ai ce qu'il faut à la maison et d'habitude je prend mes médicaments quelques heures avant mon départ, mais ce voyage-ci était imprévu, répond Camilo pour expliquer son état.

La jeune hôtesse réplique du tact au tact.

»»»»

— Je vous en prie et en fait, vous n'êtes pas mon premier cas, monsieur. De plus, il est de mon devoir d'essayer de rendre votre vol le plus paisible possible. Je reviens tout de suite avec ce qu'il vous faut.

La petite Sophia, revient à la charge en lui disant d'un ton tout penaud :

— Mon lapin ne vous a pas aidé. Je suis désolée, je croyais…

Camilo se tourne alors vers elle et lui répond en ne la laissant pas terminer.

— Non, non, jeune fille, ne t'excuse pas. Ton toutou a été d'un grand réconfort, mais tu sais je suis beaucoup plus grand que toi et ton lapin est fait pour une jeune fille de ton âge et c'est normal qu'il apaise. Moi j'ai un peu plus de vécu et bien des traças et ta peluche est incapable de tous les éliminer. Mais t'inquiète, elle en a toutefois atténué quelques unes. Je te remercie infiniment pour ta gentillesse envers un inconnu, mais tu en auras besoin plus que moi et je te le redonne, termine-t-il en l'avançant vers elle.

La petite Sofia reprend son lapin et tout de suite elle avance le museau de l'animal à son oreille. Puis, un instant plus tard, elle réplique :

— Vous avez raison monsieur, il vient de me dire qu'il avait fait tout son possible, mais qu'il ne pouvait faire plus.

Cette dernière phrase de la petite Sofia fit rire Camilo et voyant cela la mère de la fillette intervient.

— Ah ! Quelle imagination elle a cette petite! Je vous remercie de votre patience. Elle a appris à s'exprimer très tôt dans la vie et elle sait ce qu'elle veut. Et elle sait déjà comment l'obtenir.

»»»»

— Ne me remerciez pas. Si tous ceux que nous rencontrons dans la vie, étaient aussi gentils et prévoyants que votre fillette, le monde serait bien meilleur.

»»»»

»»»»»

Chapitre 7

En se réveillant, Volgan est toujours en isolement. Ainsi seul, il sent la nervosité encore une fois le gagner mais il essaie de ne pas perdre le contrôle. Il doit réfléchir à ce qu'il se rappelle.

« On dirait, que si Maria dit vrai, j'ai trouvé en elle mon alliée. Mais il y a quelque chose qui cloche. Je sens à l'intérieur de moi que je ne dois pas lui faire confiance. Pourtant je devrais ressentir le contraire pour celle ou celui qui m'aidera à gagner la partie. Et ce que je ne comprends pas dans l'histoire, c'est d'être déjà rendu à mon deuxième essai et de ne me souvenir de rien. Et encore plus fou

»»»»

suis-je encore dans le second ? Si elle dit vrai alors, qu'est-ce que ce jeu ? Pourquoi donner deux essais si c'est pour en bousiller un ou deux sans aucun souvenir de l'échec ? Le groupe de participants doit apprendre de leurs erreurs pour mieux réussir la prochaine fois. Je dois vraiment savoir ce qui s'est passé, pour ne pas récidiver et cela sans tarder. Au moins, je sais qui est ma partenaire, si partenaire il y a. Car je commence à vraiment douter de son authenticité et on dirait que depuis mon réveil, j'attends qu'elle me revienne et que mon attente dure depuis des heures. »

Tout à coup, Volgan entend la porte ouvrir. C'est une Maria très excitée et faisant un geste significatif vers lui, crie du plus fort qu'elle le peut, comme si ceux qui la suivent étaient sourds comme des pots.

»»»»

— Vous voyez! Je ne vous ai pas menti. Cet homme est en isolement car, il était très agité et il faisait peur aux autres passagers. Comme vous voyez, il est calme maintenant et nous pourrions…

Un des hommes qui la suit, probablement le chef, car il l'interrompt en surenchérissant :

— Non ! Vraiment pas, voyons, il n'est pas clair ce gars. Et à partir de maintenant, vous ainsi que lui resterez enfermés ici jusqu'à nouvel ordre et rien madame de ce que vous direz ne me fera changer d'idée. Faites-vous une raison si vous voulez rester en vie. Et oui, c'est une menace. Vous êtes belle et bien nos prisonniers, réplique le mercenaire en la poussant vers lui en ricanant. Deux de moins à surveiller. Je vous laisse faire plus ample connaissance, termine-t-il en refermant la porte.

Avant qu'il ne referme, Volgan eut le temps de voir les énormes mitraillettes que tenaient plusieurs hommes à l'extérieur de cockpit.

Aussitôt seul, Volgan émet cette fois haut et fort sa frustration refoulée.

— Mais qu'arrive-t-il encore ! Nous sommes prisonniers ? Mais de qui et pourquoi ont-ils tous des mitraillettes à faire friser de peur tout homme qui se respecte ?

Maria qui semble encore plus mécontente et frustrée que lui, se tourne et lui répond du tact au tact.

— Et vous osez me juger et me demander ce qui se passe ici ! Mais vous avez du culot. Surtout après avoir bousillé deux de nos essais. Et bien moi, je vais encore une fois vous rafraîchir la mémoire et vous savez avant que je ne commence, essayez de vous rappeler, car les essais ne sont pas illimités.

Il y eut un instant de silence, puis Marie continue.

— Bien ! On se tait maintenant. Tant mieux, et je vais commencer par la même sempiternelle phrase que je répète encore. Vous savez, ce jeu dans lequel vous êtes, les avions, les écrasements et la façon de sauver les passagers… Eh bien, encore pour la Xième fois, c'est ça le jeu et nous y sommes dans la merde et je pourrais encore dire mieux, je ne sais pas si c'est la fin pour nous. Car enfermés ici comme nous le sommes, nous ne pouvons rien faire. Je crois que nous ne pouvons espérer avoir une nouvelle chance de faire nos preuves, que cet essai-ci est perdu d'avance. Et si c'est le cas, j'espère que vous ne serez pas un hystérique et amnésique et que vous allez la saisir à bras ouverts. À deux, nous avons une petite chance de réussite mais seul, aucune.

— Un instant, dit Volgan. Comme vous venez de le dire nous avons tout notre temps pour que vous m'expliquiez ce que je fais de travers. Comme ça, je ne vous mettrai pas dans la merde comme vous dites. Alors expliquez, je vous écoute.

— Hum… Je ne sais pas si c'est le bon moment. Et puis zut! Je vais vous le dire, mais c'est la dernière fois. Si on nous redonne une chance de nous racheter et que vous la bousillez dès le début, je vous le dis et ce n'est pas une menace, vous serez seul. Je vais essayer de sauver ma peau. Est-ce clair ?

»»»»

Volgan impressionné par tant d'aplomb, fait un signe de la tête affirmatif et Maria continue.

— Alors voici: ce jeu nous fait revivre des écrasements d'avion, et nous sommes dans un de ceux-ci. Vous êtes mon coéquipier et on m'a capturé mais pas pour la même raison que vous. J'ai surpris une conversation et ces bandits parlaient justement de comment ils allaient faire écraser cet avion. Sur le coup, même si j'ai été capable de garder mon sang-froid et de ne pas crier, j'ai été assez idiote pour en être incapable lorsque j'ai couru l'annoncer à cet abruti de copilote qui pourtant aurait dû me croire car on est ensemble depuis des mois. Et bien non, il m'a rit au nez et lorsque je suis ressortie, malheureusement comme une idiote je n'avais pas fermé la porte de la cabine de pilotage, un comité d'accueil m'attendait et me voici ici devant vous. (Voyant que Volgan voulait intervenir, Maria l'oblige à garder le silence en mettant le doigt sur ses lèvres.) Chut... Pas un mot je n'ai pas terminé. Et de plus, comble de malheur, je suis certaine qu'étant donné ce que je vois avec vous, si une nouvelle chance se présente, ni vous ni moi ne se souviendrons de ce que je vous dis présentement. Mais deux têtes valent mieux qu'une et peut-être... Mais bon ce n'est pas le but des explications alors je continue. Pour finir ce beau monologue, je ne vous aiderai guère car je n'ai aucune idée du nombre de participants que nous devons combattre et combien de crashes différents font partie de ce jeu, mais si je m'en tiens à nos débuts, il m'est tout à fait facile de prévoir que nous serons les premiers éliminés. Il est peu probable que les autres équipes soient aussi malchanceuses que nous le sommes dès le début de la partie. Nous sommes de piètres joueurs. (La jeune femme en colère ajoute): Arrêtez de me regarder avec votre regard suspicieux et votre grande bouche ouverte et béante. Je vous informe que c'est une situation d'urgence.

Ces dernières phrases réveillent effectivement Volgan, qui lui répond :

— Mais que dites-vous là ? Nous commençons… C'est le début pour moi et ils n'ont pas encore gagné. Voyons ! Nous allons commencer par nous poser les bonnes questions. Combien sont-ils ces sales pirates? Ça oui c'est une bonne question. Et savez-vous comment ils ont réussi à embarquer les armes dans l'avion ? demande Volgan en lui tapotant l'épaule pour la rassurer.

»»»»

La femme arrête son mouvement de réconfort en s'éloignant de lui et en lui lançant.

— Assez ! Même si vous vous posez les bonnes questions et que j'ai les réponses, nous serons toujours enfermés ici. Comment allez-vous faire pour nous sortir de là. Auriez-vous oublié de me dire quelque chose ? (Volgan hoche la tête de droite à gauche.) Alors, vous voyez, il n'y a aucun espoir. Ils sont une dizaine de mercenaires armés jusqu'aux dents qui terrorisent tous les passagers en leur disant qu'ils allaient mourir pour la cause, mais que leurs morts n'étaient qu'un passage. Quel ramassis d'idioties ! Ils pensent apaiser les passagers avec des histoires aussi ridicules. Et l'autre question, quelle était-elle ? Ah oui ! Comment les armes étaient-elles parvenues dans l'avion ? Et bien c'est simple, il ne faut pas un génie pour en faire la déduction. Ils ont des complices… Probablement dans tout l'aéroport même… Vous comprenez maintenant ? Ils sont partout et en même temps, nulle part. Et vraiment, vous ne vous souvenez de rien ? Même pas d'une seule chose des deux essais ? Vous ne vous souvenez pas ? Vous et moi en sommes à notre troisième et la situation est encore plus grave que les deux dernières. Pourquoi moi je m'en souviens et vous pas? Je crois qu'ils compliquent tout pour ne pas qu'on réussisse. Mais au moins nous n'échouons pas au même moment, parce que votre dernière tentative de sauvetage était tellement pitoyable. Comment avez-vous pensé que sauter sur le premier terrorisme nous sauverait. Vraiment, mais vraiment ridicule, termine Maria en le regardant dans les yeux.

»»»»

Volgan qui n'en revenait pas d'avoir fait ce geste idiot, réplique.

— J'ai fait ça moi ? Aucun souvenir. Voulez-vous, s'il vous plaît, me raconter ce qui s'est réellement passé lors de nos échecs, pour que je sois en mesure de ne pas faire les mêmes erreurs ?

— Si vous voulez. Mais la fin des deux est identique. Nous sommes morts. Cependant, je vais le faire, car les moyens de s'évader ici sont nuls…

En soupirant Maria reprend la parole.

Bien, je reviens à l'histoire de cette première tentative manquée. Au début de notre première mission, vous étiez calme et je ne savais pas que vous étiez mon partenaire. Je me suis réveillée après avoir entendu une voix m'expliquant le but du jeu…

»»»»

Sans attendre la fin de l'explication, Volgan l'interrompt.

— Alors vous en savez plus que moi et je continue à dire que ce jeu se fout de nous. Moi, je viens de me réveiller et je n'ai pas eu d'explications ou je ne m'en souviens aucunement, mais ça revient au même, alors que vous, c'est l'inverse. Et comment aurais-je pu bousiller les deux tentatives ?

— Monsieur ! Si vous voulez une explication, fermez-la et écoutez... (Elle garde le silence pour être certaine que cette fois elle a son attention.) Je ne le sais pas plus que vous, mais vous étiez bel et bien avec moi dans ces deux essais et comprenez que nous n'avons pas le temps d'analyser. Laissez-moi donc continuer car on ne peut rien prévoir, nous sommes tous des pantins aux mains du Maître et il peut faire de nous ce qu'il veut. Je ne me souviens même pas de ma vie d'avant alors, j'accepte ce jeu et ses règles sans me poser de question. (Encore une fois, Maria garde un court instant le silence pour qu'il assimile et elle poursuit) Bon voilà comment commence l'aventure pour moi. Comme vous l'avez sûrement remarqué par mon habillement, je suis une des hôtesses de ce vol. Ma première tâche étant de donner les consignes de sécurité puis ensuite servir le premier café ou thé de la journée, ce que j'ai fais. Lorsque je suis arrivée auprès de vous, j'ai immédiatement remarqué que vous sembliez plus nerveux que la plupart des passagers présents. Je vous ai alors demandé si je pouvais faire quelque chose pour vous. Vous m'avez répondu que non. J'ai alors continué mon service. Puis, je suis retournée en arrière, pour vous observer, car vous m'intriguiez. Vous vous êtes levé et vous vous êtes mis à observer tous les passagers qui étaient en classe économique et cela sans relâche pendant plus d'une heure. J'ai tout de suite compris que vous essayiez de me repérer, de repérer votre coéquipier. Dans le premier essai, j'ai eu le temps de tenter une manœuvre pour que vous compreniez que c'était moi. Je voulais vous dire d'attendre avant d'agir, que nous avions un plan. Mais je n'en ai pas eu l'occasion, car par votre observation vous m'avez demandé de voir le pilote, en me pointant des hommes du doigt. Malheureusement, ils ont vu votre geste et ça en a été fini pour nous. Dans notre deuxième tentative, je n'ai même pas eu le temps de discuter avec vous. Comme un idiot, vous avez remarqué un jeune homme qui agissait bizarrement. Vos regards se sont croisés et vous n'avez pas été assez rapide. Le jeune très agile a récupéré son arme dans le compartiment et vous vous êtes jeté sur lui. Une détonation s'est fait entendre, et un instant plus tard, l'avion a été dans le noir. Je n'ai pas pu voir qui de vous deux avait été touché, mais tout à coup, j'ai entendu un cri qui venait de confirmer que nous étions dans la merde. « Nous sommes découverts. Ahaaaah…… » Et un nouveau son sourd se fit entendre. Ce que je me rappelle ensuite se passe rapidement. Par derrière, un nouveau terroriste me prend par la gorge, tenant sur celle-ci, un couteau. Puis sans avertissement, il ouvre une sortie de secours… Pourtant personne ne pouvait le faire sauf si c'était prévu et que quelqu'un avait entré le code de déverrouillage. Une fois celle-ci ouverte, la décompression de l'appareil a été brutale et radicale et celle-ci fut l'annonce de notre fin. L'avion piqua vite du nez, mais avant la succion de l'air amena vite à l'extérieur tout ce qui se trouvait près de la porte, dont moi et le terroriste. Voilà ce que je me rappelle de ce dernier essai manqué. Dans celui-ci, vous avez agi en triple imbécile et je ne sais pas ce que j'ai fait au Maître pour mériter un partenaire aussi poche.

Cette dernière phrase blessante donna la force à Volgan de rouspéter.

— Et bien jeune Maria, je vais vous surprendre car je ne suis pas tout à fait amnésique et maintenant je sais que vous ne me dites pas toute la vérité.

— Comment osez-vous mettre en doute ce que je vous dis. Regardez où nous sommes ! Nous n'avons aucune chance de nous en sortir.

Volgan l'interrompt.

»»»»

— Un instant, madame, c'est à moi de vous dire de vous taire. Comment pouvez-vous dire une chose pareille ? Nous sommes encore là et nous ne sommes pas morts, alors il y a encore une chance. Et je ne voulais pas vous froisser tout à l'heure, mais je me souviens d'au moins une chose. Je me souviens avoir reçu un coup derrière la tête et de m'être retrouvé avec vous ici et cela vous ne l'avez pas mentionné. Alors miss, qu'avez-vous à répondre à cela ?

Sans lui laisser le temps de terminer, Maria répond, tout en regardant dans le vide comme si elle n'avait pas entendu l'autre ou simplement faire semblant de n'avoir rien entendu.

— Oh mon Dieu ! Excusez-moi. Je ne voulais pas ça. Nous sommes en très mauvaise position et c'est de ma faute. Mais je vous ai dit la vérité. J'ai simplement omis de vous mentionner un détail important. (Ravalant sa salive elle continue.) J'ai un don qui me sert la plupart du temps à ne pas me mettre dans une situation dangereuse mais là, je n'ai pu faire autrement et je m'en excuse. Ceux qui nous ont enfermé ici ne sont pas les mêmes que les deux premières fois et ils sont encore plus démoniaques. De plus, je vous le garantis, ils ne sont pas des anges et je pressens qu'ils ne reculeront devant rien pour arriver à leur fin. On dirait qu'ils savaient tout de nous. Qu'ils étaient déjà au courant de notre association et le piège s'est refermé sur moi dès mon réveil. Je n'ai eu d'autre choix que de leur obéir. Je m'explique : lorsque j'ouvre les yeux, je suis dans un fauteuil, attachée et devant moi une vidéo qui roule en boucle et là, devant moi apparaît le visage triste de mon

»»»»

père regardant le ciel. Puis à mon oreille on me chuchote: « Si tu ne nous aide pas, on le tuera. » Par la suite, on me conduit ici avec vous et je n'ai trouvé que ce moyen grotesque pour que vous n'ayez pas de doute sur moi. Ils m'ont poussé et je suis tombée près de vous.

Stupéfait par tant d'aplomb, Volgan pourtant n'est pas dupe et réplique.

— Vous pensez réellement me faire croire ce tissu de mensonge. Je crois simplement que vous êtes avec eux. Je ne peux comprendre pourquoi une femme comme vous en êtes venue à s'en prendre à autrui, mais je sais que vous êtes ici pour m'espionner. Est-ce vrai Maria ? Vous voulez ma peau et bien je vais la défendre jusqu'à mon dernier souffre.

En serrant les poings, il se lève et se dirige vers Maria, qui voyant la fureur

»»»»

dans les yeux de Volgan s'était reculée au mur.

— Vous allez voir de quel bois je me chauffe.

Cependant, avant que Volgan ne termine son acte, Maria effrayée hurle du plus fort qu'elle le peut.

— Vous avez ce que vous voulez alors laissez-moi sortir d'ici.

— Mais… Vous ne pouvez être…

Avant que Volgan ne puisse terminer sa phase, un déclic qui annonce l'ouverture de la porte se fait entendre. Les deux prisonniers reculent dos au mur. Celle-ci s'ouvre, et devant eux apparaît un jeune agent de bord. Un lourd silence dure une seconde ou deux. D'une voix tremblante, l'homme casse la glace en prononçant ces paroles:

»»»»

— Ne vous en faites pas. Je suis avec vous enfin presque. Je vous prie de me pardonner pour vous avoir ainsi molesté. Cependant, dites-vous bien que je n'avais pas le choix de leur obéir, car ils détiennent ma famille.

Ces dernières paroles lancées dans la panique du moment eurent l'effet d'une bombe sur Volgan qui réplique aussitôt sans y réfléchir.

— Mais… qui êtes-vous donc ? Vous n'avez pas de couilles pour vous en prendre à plus faible que vous et par menace à part ça!

— Non… Non… Vous ne comprenez pas, reprend-t-il en pensant que Volgan s'en prenait à lui. Je suis peut-être trouillard ou faible comme vous dites, mais je ne suis pas stupide. Je sais que même si je fais tout ce qu'ils me demandent, ni moi ni ma famille ne s'en sortiront vivants. J'en

»»»»

suis même certain, car malheureusement pour eux, je connais leur langue et je les comprends très bien. C’est pourquoi je sais ce qu’ils projettent pour vous et je ne veux pas être responsable de la mort de tous ces gens. En vous libérant, je vous donne une chance de les libérer.

L’homme les regarde une larme à l’œil en continuant.

— Cependant pour moi et ma famille en faisant cela, je sais que notre temps est compté et je suis un faible, je ne veux pas me faire molester par ces brutes et surtout voir ce qu’ils feront de ma femme et mon enfant. Je vais les attendre là-haut. Pardonnez-moi encore, et j’espère que la chance sera avec vous, termine-t-il en refermant la porte.

Sans attendre, il se tourne face au mur. Puis sans qu’aucun des deux ne

»»»»

puisse intervenir, l'agent de bord sort de sa poche un pistolet qu'il amène sans aucune hésitation à sa tempe pour ensuite appuyer sur la détente en prononçant ses dernières paroles :

— Mon Dieu, pardonnez-moi mes péchés.

— Non, non ne faites pas ça, elle est des leurs ! Et je comprends maintenant d'où viennent ces mensonges. Vous pouvez m'aider, hurle Volgan en se jetant sur lui.

Un instant plus tard, il reçoit un nouveau coup derrière la tête qui lui fait perdre conscience.

»»»»

Chapitre 8

« Mais où suis-je ? Je me sens bizarre, comme si je volais. On dirait un avion… Je ne me souviens de rien sauf d'un flash de cauchemar où je combattais des ours polaires dans le Grand Nord. Oh que non, j'ai le même satané sentiment de ne pas être à ma place. »

Une voix venant de nulle part interrompt sa pensée.

◄ — Bienvenue au jeu de Rôle style G.N. Pirates de l'air monsieur Timothy[8]. Vous êtes dans un avion qui

---

[8] Timothy (Tim) surnom (Tornade) : Capitaine du bateau 4 dans la Saga : Tempête tome 1, Pirates des Mers

»»»»

ne vole que grâce à son pilotage automatique. Toutes les personnes sauf vous et une autre, que vous allez devoir trouver, sont mortes. Votre première mission sera de trouver la cause de leur trépas. Vous allez devoir surmonter vos peurs et vous surpasser, car vous aurez la lourde tâche de sauver le seul passager encore vivant. Et si vous êtes chanceux, vous pourrez même sauver l'appareil dans lequel vous êtes. Voilà le jeu commence maintenant. Départ immédiat pour votre premier et peut-être le seul essai.

Puis plus aucun son, c'est le silence total. Pour ne pas le briser Timothy continue de réfléchir.

« Qu'est-ce que c'est ça encore ? Ces fichus haut-parleurs crachent leur venin tout d'un bout et puis plus rien, comme si j'étais un pantin et rien d'autre pour eux. Je suis vraiment dans

»»»»

un tout nouveau cauchemar. Mais que me voulez-vous ? »

Aucune réponse ne vient, ce qui fait réagir Tim.

—Mais qu'est-ce que vous me faites ? Vous n'avez aucun droit de me manipuler ainsi.

Un instant plus tard, il comprend qu'il n'aura aucune réponse et qu'il doit se rendre à l'évidence. Dans ce nouveau cauchemar, il devra se débrouiller seul. Tim espère toutefois que cette nouvelle torture ne sera pas longue et c'est pourquoi il décide d'ouvrir les yeux. Le peu d'espoir qu'il avait de se réveiller dans un endroit confortable se termina aussitôt. Effectivement, un silence anormal règne. Enfin presque, car on n'entend que le bruit des moteurs de l'avion.

Tim inquiet regarde de droite à gauche et une pensée lui vient aussitôt.

»»»»

« On dirait que ce n'est pas la première fois que je vis cette histoire. Étrange la sensation que je ressens.»

Il referme aussitôt les yeux en repensant au message d'ouverture.

— Oh non ! Je ne veux pas… Je ne me sens pas la force de voir toutes ces personnes mortes. De plus, combien y en a-t-il de morts ?

Soudain, comme pour lui donner un avertissement ou simplement du courage, l'avion pique du nez. Et n'ayant pas prévu le coup, Tim se cogne le nez sur le siège avant. La douleur lui fit offrir les yeux. Pour s'assurer de l'état des dommages, il avance sa main en dessous de son nez. Effectivement, sur un de ses doigts, quelques gouttes de sang tombent mais rien d'alarmant.

Ainsi rassuré, car l'avion avait repris son chemin initial, Tim même

»»»»

s'il a très peur, doit en avoir le cœur net. Il doit regarder tout autour et juger de l'ampleur du cauchemar et voir s'il peut en faire quelque chose.

« J'espère que cette fois je ne serai pas impotent, que j'aurai une idée, un souvenir autre que des cauchemars.»

Très lentement ensuite, Tim tourne la tête de gauche à droite et regarde. Puis il se lève, il met le pied dans l'allée et regarde tout autour.

Face à l'horreur de ce qu'il voit, un tremblement incontrôlable le prend et seuls deux mots sortent de sa bouche.

— Mon Dieu !

***

◀ — Bonne idée ! Que vous avez eu là, cher Concepteur, de faire revenir ce personnage du premier jeu. Cependant, n'avez-vous pas peur de créer une commotion? S'il en parlait à son coéquipier, dit le Maître du jeu.

◄ — Vraiment pas non ! Et pourquoi j'en suis aussi certain ? Car c'est moi qui ai choisi ce concurrent en particulier car je le savais incapable justement. Celui-ci, comme vous venez de le constater, ne se souvient de rien et son seul souvenir, et cela je ne le comprends pas, car il ne devait en avoir aucun, est d'avoir vécu le premier jeu, mais ce n'est pas bien grave. Et de plus, vous avez d'instinct renforcer ma confiance, comme si vous aviez compris où je voulais en venir. Car à ce seul participant, vous avez donné plus de règles qu'à tous les autres. On dirait que vous avez compris que même si nous lui donnions la solution pour réussir, il en serait incapable. Ce

»»»»

dernier ne doit pas avoir plus de un essai. Peut-être nous surprendra-il ?

◄ — Oui, vous avez parfaitement raison. Tout ira bien car j'ai pris le contrôle dès l'arrivée de ce nouvel élément. Mais laissez-moi juger de son nombre d'essais, car comme vous l'avez si bien dit, s'il ne réussit pas, dès la première fois et si le jeu continue pour lui, alors, ce sera une toute autre histoire, termine le Maître en riant.

»»»»

»»»»

Chapitre 9

Après plusieurs heures d'observations, Camilo ne réussit toujours pas à savoir qui dans tous ceux qu'il étudiait, pourrait être le coéquipier auquel il devra donner toute sa confiance, surtout dans l'ignorance dans lequel le jeu le mettait.

« J'espère que celui ou celle qui sera mon allié en saura un peu plus que moi » pense-t-il en continuant sa recherche. « En tout cas, depuis mon réveil rien de bien suspect ne se produit. Tout à l'air plus que normal. Hum... sauf peut-être cette petite fille assise à mes côtés, qui, tout à l'heure, lui avait prêté gentiment sa peluche, un lapin, et qui maintenant n'arrêtait pas de pleurer en se collant sur sa mère.

— Maman ! Pourquoi as-tu brisé mon lapin ? Tu le savais que c'était mon préféré. Je ne comprends pas. Tu es une méchante maman, mais je t'aime tant… Snif… Snif… sanglote la petite.

Après plusieurs minutes du drame de l'enfant, celle-ci ne se calmait toujours pas et sa mère semblait incapable de la consoler même après des paroles réconfortantes. Et même que par la suite, la petite Sofia redoubla ses pleurs, signe que la réponse donnée par la mère ne lui plaisait guère.

— Je n'avais pas le choix mon bébé. Calme-toi, ton chagrin se terminera bientôt et tu seras heureuse du dénouement.

»»»»

Et encore les pleurent redoublèrent. Le chagrin de la petite semblait interminable et Camilo ne put que penser.

« Il faut croire que ce n'était pas la réponse qu'attendait la petite Sofia » songe-t-il en la regardant.

Cependant il n'intervient pas, car ce n'est pas dans ses cordes de calmer une enfant. Néanmoins, il la trouve persévérante et très attendrissante. Même qu'il se demande comment une mère peut faire de la peine à une enfant si gentille. Il commence même à se trémousser sur son siège pour ne pas sermonner la mère.

« Ça n'arrangera rien et je vais me faire remarquer. »

Pourtant ce qu'il entend ensuite ne lui plaît toujours pas, mais il doit rester calme et neutre pour le bien de la mission.

»»»»

— Non Maman ! Non je ne veux pas. Ce n’est pas gentil ce que nous allons faire.

— Tais-toi, tu ne dois pas me parler ainsi. Je sais ce qui est bon pour toi. Dors un peu. Je te répète que tout sera terminé bientôt, réplique-t-elle en cachant la petite fille avec sa couverture.

Sofia, probablement par le ton implacable de sa mère, se calme un peu, mais son reniflement rapide indique que sa peine est toujours présente.

Le sentiment de tristesse de la petite Sofia dérange Camilo, car il aimerait beaucoup la consoler, mais il ne le peut pas. Et pour ne plus les entendre, il trouve le moyen idéal. Il demande à l’hôtesse qui passe dans l’allée, celle-là même qui l’a si bien soigné tout à l’heure :

»»»»

— Pardonnez-moi ! Pourrais-je aller dans la cabine de pilotage car j'aimerais beaucoup discuter un peu avec votre Commandant et son assistant. Je suis depuis des années un grand fan de modèles réduits d'avions et de bateaux et j'en construis plusieurs par année. J'aimerais discuter avec eux, d'un obstacle que je n'ai pas encore su résoudre sur mon dernier modèle qui ressemble étrangement à cet avion. Ce problème me donne de bonnes migraines depuis des jours et peut-être qu'eux pourront me donner des indices où chercher ou encore mieux me donner la solution. S'il vous plait pourriez-vous leur demander, s'ils acceptent de me recevoir ?

— Certainement, monsieur ! J'y vais de ce pas et je vous reviens avec la réponse.

»»»»

Effectivement, quelques instants plus tard l'hôtesse de l'air réapparaît.

— Vous avez de la chance, car aujourd'hui ils sont de bonne humeur et ils acceptent avec plaisir d'essayer de vous aider. Et, m'ont-ils dit, ce n'est pas tous les jours qu'ils ont une demande comme la vôtre. Veuillez me suivre, car justement ils ont un peu de temps à vous accorder.

Arrivée près de la porte, la jeune hôtesse lui demande d'attendre, car elle allait tout d'abord leur apporter le repas et l'annoncer.

Tout en attendant son entrée, Camilo ne put s'empêcher de jeter quelques regards derrière lui. La petite probablement épuisée s'était enfin endormie. Néanmoins de grosses larmes roulaient encore sur ses joues, signe que le gros chagrin était toujours là.

»»»»

La mère qui probablement se sentit observée, croise son regard et quelques instants après remonte la petite couverture sur la tête de Sofia, toujours en affrontant son regard. C'était impoli de le faire, mais il ne pouvait pas faire autrement et la mère ne faisait probablement que protéger sa fille. Pour ne pas avoir une plainte contre lui, Camilo dû se résoudre à regarder droit devant lui. Mais avant, il eut la surprise de voir la fillette repousser la couverture et un instant, il put voir son regard rempli de tristesse et celui-ci le bouleversa plus qu'il ne le devrait.

« Comme elle est triste. J'espère que sa maman réussira à lui redonner son beau sourire d'ici la fin du voyage. Mais là, je dois réfléchir à mes questions car ces gens n'auront pas toute la vie pour y répondre et je dois avoir des interrogations qui m'aideront

»»»»

à mieux comprendre le jeu. Et c'est ce qui sera le plus difficile étant donné que je ne dois éveiller aucun soupçon.»

L'hôtesse revient et lui dit le sourire aux lèvres…

— Désolée pour l'attente, mais elle durera encore un peu car ils ont décidé de manger avant de vous rencontrer. Assoyez-vous ici. Le copilote viendra vous chercher lorsqu'ils seront prêts.

La porte du cockpit s'ouvrit un quart heure plus tard sur un grand gaillard en uniforme qui sans tarder dit:

— On vous attend monsieur…. Au fait, je n'ai pas été en mesure de vous identifier. Vous êtes ?

— Oh ! Excusez-moi. Je suis Camilo Monténégro.

»»»»

— Bien reçu, nous vous attendons alors monsieur Monténégro.

Camilo passe devant le jeune homme et le regarde.

« Oh ! » pense ce dernier. « Étrange !» Ses yeux ne concordent pas avec son sourire. Son regard sur moi est tellement froid, pourtant il vient de me répondre si gentiment. On dirait que le dîner n'a pas été de tout repos. Que s'est-t-il passé en si peu de temps dans le cockpit ? Hum… Ça ne me dit rien qui vaille. Je vais devoir être plus que vigilant et ne commettre aucune erreur si je veux que cette conversation tienne la route. »

Cependant, comme si un sixième sens lui dictait de ne rien faire pour que le second le suspecte, il lui répond en souriant.

— Merci de votre gentillesse. Encore une fois, vous m'avez sauvé…

»»»»

Le copilote le regarde un instant surpris, puis lentement lui tourne le dos pour aller vaquer à ses occupations, comme s'il était certain qu'il n'aurait pas à intervenir dans la discussion.

« Hum… peut-être aurais-je dû me taire. »

Camilo le regarde, puis il s'assoit sur le seul siège disponible.

Le malaise ressentit par le second s'estompe en un instant, lorsque le Commandant se tourne vers lui, tout sourire. En lui serrant la main, il lui dit :

— Bonjour Monsieur Monténégro, enchanté de connaître une personne comme vous, qui s'intéresse au modèle réduit surtout de ce type d'appareil.

— Oui, j'ai demandé à votre hôtesse car j'ai vraiment un réel problème qui me stoppe dans ce modèle justement.

— Ouais, monsieur Monténégro… Mais Sabrina ne nous a pas expliqué le problème justement parce qu'elle n'aurait sûrement pas pu l'expliquer aussi bien que vous. Alors dites-moi je vous prie votre problème et je verrai si je peux vous trouver ou du moins vous aider à trouver la solution.

— Oui certainement, mais juste avant votre hôtesse Sabrina n'aurait pas pu vous dire mon problème car elle ne me l'a pas demandé, oui! Le problème est vraiment que sur ce modèle, le vôtre…

Le commandant l'interrompt en le regardant avec insistance il réplique:

— Comme ça vous vous intéressez vraiment à mon avion. Approchez-vous et posez-moi toutes les questions qui vous passent par la tête. Si je peux y répondre, je le ferai et si moi je ne le peux pas, peut-être que Sim, mon copilote le pourra lui. J'ai justement un peu de temps à vous consacrer.

Et comme si plus rien ne le gênait, il coupe son supérieur et réplique.

— Et je dois ajouter que comme vous venez de l'entendre, notre Gabriel aime bien donner des surnoms à ses subalternes. Mon vrai prénom est Iann, comme mon arrière grand-père et ce gars ne cesse de le bousiller en me donnant ce sobriquet idiot qui ne veut rien dire.

« Bien il ne semble y avoir aucune tension entre eux, même plutôt une belle amitié et je connais maintenant leurs prénoms. Hum… Rien ne semble suspect ici, mais je vais continuer à investiguer pour ne pas éveiller les soupçons. Et je dois faire attention pour ne pas commettre d'impair en

»»»»

posant des questions qui n'auraient aucun rapport avec les modèles réduits. Voyons si je peux me rappeler des obstacles de conception de ma jeunesse. Peut-être les bonnes questions me viendront toute seule » cogite Camilo.

Pour ne pas paraître désintéressé, il revient à la conversation entre les deux hommes.

— Voyons Slim ne soit pas aussi susceptible. Tu sais bien que je ne me rappelais jamais ton nom, c'est pourquoi je t'ai donné le même petit surnom que je donne à mon frère bien-aimé.

Pour interrompe cette discussion, qui ne veut rien dire pour Camilo, il intervient en reprenant les présentations.

— Encore une fois, même si je me répète, je suis enchanté de faire votre connaissance messieurs et de voir qu'il y a de l'humour dans votre travail. Ce qui me plaît bien. Comme je ne veux pas abuser de votre gentillesse, je me dois de commencer mes questions. Comme vous l'a sûrement déjà mentionné madame Sabrina, je suis un inconditionnel amateur de modèles réduits de toutes sortes. C'est un de mes hobbies préférés. Contrairement à ma frayeur d'être en plein ciel, j'aime vraiment les modèles d'avions et je veux tous les reproduire. Cependant, je suis un peu maniaque et je veux qu'ils soient exactement reproduit et ça va jusqu'aux petits détails. Et j'ai justement un problème que je ne réussis pas à régler avec celui qui est sur ma table, inachevé depuis trop longtemps. C'est pourquoi, lorsque j'ai vu votre avion, j'ai su que si vous vouliez m'aider ce problème serait réglé, car cet avion est tout à fait

»»»»

semblable à mon modèle. Cependant juste avant de commencer, je sais que ce n'est pas mes affaires, mais madame Sabrina avait un drôle d'air lorsqu'elle est venue me dire d'attendre la fin de votre repas. Ai-je fais quoi que ce soit qui l'aurait contrarié ? Elle est même totalement différente.

« Ce n'est pas vrai, mais je dois vraiment trouver au moins une question à leur poser et je ne suis pas prêt. »

Cela donne le résultat qu'il attendait car aussitôt le pilote répond.

— Je ne pourrai pas vous être d'une grande aide là-dessus, car nous venons d'être transféré ici. C'est notre tout premier vol dans cet engin. Et ce transfert ne venait pas de nous. C'est sûrement une demande qui venait d'en haut, car on ne pouvait la refuser et

»»»»

que normalement au nombre de voyages que nous avons... Nous devrions être protégés de ce genre de demande, mais là on a dû se soumettre, au risque même de perdre notre emploi. Lorsque cet ordre de destination nous a été imposé, nous avions même céduler nos affectations pour au moins six longs mois et tout a été mystérieusement enlevé. Nous ne savons même pas où nous irons demain. On nous a payé grassement et on nous a simplement dit de ne pas nous inquiéter. Que tout était sous contrôle... (Gabriel arrête sa phrase et reprend avec celle-ci) Au moins, Sim, mon fidèle copilote est resté avec moi. Bon assez parlé de nous, vous n'êtes pas ici pour nous entendre nous plaindre de nos patrons. Alors que pouvons-nous faire pour régler votre problème ?

»»»»

Camilo n’a pas trop le temps pour penser, mais l’explication du Commandant, lui indique que ça ne sent vraiment pas bon. Toutefois, il répond à la question.

— Je vois... Et je comprends la situation. Bon revenons au but de ma visite, comme vous dites, Gabriel, dit Camilo, en regardant tout autour.

Sur le tableau bord il y a inscrit, Boeing 747-121.Heureux de voir le numéro du vol il poursuit en exclamant :

— Wow ! Un Boeing 747! C’est ce que je pensais. C’est bien mon réduit. Lorsque j’ai commencé ce modèle, je rêvais de le construire depuis que je suis tout petit et me voilà maintenant dans le cockpit d’un vrai avion en train de discuter avec les deux personnes les plus importantes de ce vol. Oh excusez mon extase, mais je suis un peu

»»»»

démonstratif. Vous comblez toutes mes attentes.

« Au moins, je sais dans quel avion je suis » songe ce dernier. « Cependant cet avion en particulier ne me dis rien et je ne pourrai pas aller bien loin dans mes questions, donc peu de réponses mais j'ai toutefois eu une grosse réponse en faisant parler le pilote. »

— Bon ! Vu que je sais que votre temps à m'accorder est limité, je débute. Mes premières questions auront un rapport avec les instruments de vol que vous utilisez et je sais que vous y répondrez sans problème. Comme vous savez je suis maniaque de la perfection et il faut que le poste de pilotage soit à l'échelle près de ce que je vois. Donc… Où est situé votre altimètre ? Est-ce cela ? continue-t-il en pointant un petit cadran dans une fenêtre à droite.

»»»»

— Oui, c'est bien cela. Vous êtes un connaisseur. Est-ce que je dois me méfiez de vous, monsieur ? Est-ce que vous venez me poser ces questions pour prendre ma place ? réplique ce dernier en riant.

— Absolument pas, vous n'avez rien à craindre de moi, je suis seulement un amateur de modèle réduit. Je ne serais pas capable de piloter ce gros engin et surtout de le faire atterrir en un seul morceau, répond Camilo en riant lui aussi. Pour en revenir à mes questions, donc, nous sommes à 14 milles 500 pieds si je me fie à votre cadran. Voilà mes prochaines questions: Dans combien de temps serons-nous à destination et est-ce un trajet en ligne droite et lorsque l'on arrivera ? (Il arrête un instant puis poursuit sur sa lancée.) Combien de temps avant d'atterrir vous allez devoir prendre pour

»»»»

diminuer votre altitude ? Et pour finir, sur quel cadran vous allez vous fier et puis encore, allez-vous avoir besoin de la tour de contrôle pour faire tout ça ? demande Camilo avant de reprendre son souffle.

— Oh là ! Monsieur...Vous avez une flopée de questions qui défilent dans votre tête. Et plusieurs n'ont rien à voir avec votre modèle. Je ne peux que me poser la question sur votre but ici. Dites-nous la vraie raison de votre visite, et soyez persuasif car sans cela je ne répondrai à aucune de vos question, réplique le commandant d'un ton suspicieux.

« Ouf... Pense vite... Tu viens de te mettre dans la merde là. »

Une idée lui vient enfin.

— Oh oui ! Il y a un rapport avec mon... ce modèle qui est tout nouveau avec un système de téléguidage. Il y a

»»»»

des distances pré-programmées sur la manette.

— Hum… réplique Iann. Gabriel, tout est possible avec tout ce que les compagnies inventent, mais je crois qu'il vient de tout inventer. Nous à la base sommes loin de pouvoir faire cela, alors des jouets… Je ne crois pas non. Il pousse là beaucoup dans son mensonge.

— Oui… Comme tu dis Sim, dit le Commandant en regardant Camilo et puis il continue. Monsieur Monténégro, je ne m'attendais vraiment pas à ce genre de questions et ça ne m'intéresse vraiment pas d'y répondre. Si vous voulez bien retourner à votre siège, je n'ai plus de temps pour vous. Nous arriverons, je vous assure à l'heure à destination.

»»»»

Ce soudain revirement prend Camilo à l'improvise et tout ce qu'il trouve à dire:

— Mais…

Iann le copilote intervient.

— Monsieur, mon supérieur vous a demandé gentiment de retourner à votre siège et si vous ne le faites pas de votre plein gré, je me ferai un plaisir de vous y déposer, dit-il, en se levant pour passer de la parole à l'acte.

Un sourire sournois apparaît alors sur le visage de l'homme de six pieds deux pouces, signe qu'il le rudoierait sans problème de conscience et Camilo comprend qu'il n'a pas intérêt à s'éterniser.

Sans dire rien de plus, il se lève et s'apprête à sortir du cockpit, mais avant d'abdiquer, il essaie une dernière

»»»»

fois de revenir dans les bonnes grâces du pilote.

— Je comprends et je m'excuse de vous avoir froissé. Au plaisir de se reparler.

La réponse de Gabriel confirme qu'il a laissé passer sa chance.

— Ne comptez pas là-dessus. Aïe… Encore ces maudits étourdissements qui se manifestent et c'est sûrement de votre faute jeune homme, dit le Commandant, en le regardant dans les yeux. Refermez la porte derrière vous et ne revenez plus, vous n'êtes pas le bienvenue ici et dites à ces mongols au-dessus de nous que je suis parfaitement capable de piloter.

« Mais… il pense que je suis envoyé pour lui faire un examen, comme s'il pensait qu'on voulait l'éjecter du poste? Hum… Il n'y a plus

»»»»

rien à faire ici. J'ai effectivement raté ma chance. »

***

◄ — Mais Concepteur qu'arrive-t-il à ce participant Iann ? On dirait qu'il ne pense pas faire une mission. Je ne comprends pas. À moins que…

◄ — Oui, vous avez compris, ce participant croit vraiment être son personnage. Il se croit dans sa vraie vie. Jusqu'à ce que je lui redonne une certaine partie de sa mémoire. Vous allez voir… Il n'a pas fini d'en voir de toutes les couleurs.

◄ — Génial, vous êtes au top de mes attentes, réplique le Maître du jeu.

»»»»

◀ — Allons, vous n'avez encore rien vu. Retournons maintenant à nos moutons.

***

Sans attendre son reste Camilo retourne à son siège. Cependant, il a bien du mal à s'y rendre tellement l'avion bouge de tous les cotés.

« Pourtant, tout à l'heure dans le cockpit, rien n'annonçait ce désagrément. »

Lorsqu'enfin il fut assis, l'hôtesse, la même qui est intervenue auprès de lui les deux fois, annonce une nouvelle qui l'inquiète au plus au point.

— Veuillez attacher votre ceinture, mesdames et messieurs et surtout restez bien à vos places. Nous entrons dans une zone de turbulences. Désolée du désagrément. Je vous reviens, aussitôt la turbulence passée.

Lorsque la jeune femme passe à ses côtés, Camilo lui dit.

— Mademoiselle, je ne comprends rien. J'étais avec le pilote, il y a quelques instants et rien ne prévoyait cette zone de turbulence…

Sans lui laisser le temps de finir, elle l'interrompt et cette fois très abruptement.

— Ces zones, monsieur Monténégro, arrivent souvent sans que nous puissions les détecter. Et s'il vous plaît, n'inquiétez pas les passagers. Voyez… Il est déjà trop tard… réplique-t-elle en montrant du doigt la femme assise à ses côtés. Ne faites pas l'enfant et attachez-vous. Je vous laisse, je dois vérifier les autres et puis m'attacher aussi.

»»»»

— Mais ça n’a aucun sens. Je connais…

Avant qu’il ne termine sa phrase, un couteau se loge sur sa gorge et la mère de la jeune enfant lui murmure à l’oreille.

— Allez-vous vous taire à la fin ! Attachez-vous ou sinon, vous n’aurez plus besoin de le faire. (Puis aussi soudainement, elle se tourne vers l’hôtesse et poursuit.) Bon, j’en ai assez d’attendre. Il est temps maintenant. Sabrina et toi aussi Murielle, continue-t-elle en regardant l’hôtesse et une nouvelle femme se trouvant à ses côtés. Débarrassez-vous de ce fouineur.

— Mais pour le mettre où ?

La mère en hurlant l’interrompt.

— Je ne sais pas moi. Un peu d’initiative de votre part. Allez le

»»»»

ligoter dans la soute avec les autres. Nous ne pouvons pas les éliminer tout de suite. Nous avons des choses plus urgentes à faire. Cet intrus vient de devancer un peu ce que nous avions prévu, mais attaché, il ne pourra plus nous nuire.

— Bien madame. Allez, fouineur, suivez-nous sans faire aucun bruit, dirent-elles en chœur en sortant chacune un pistolet caché sous leurs jupes.

Voyant cela, pour ne pas brusquer encore plus les femmes, il obéit sans faire le moindre geste brusque qui pourrait accélérer sa perte et il se laisse conduire jusqu'à la soute.

En y entrant, il voit tout de suite que le copilote couché par terre ne bouge plus. Sans attendre, il donne un coup de coude à celle des deux femmes qui le tient. Un instant, il l'entend crier. Libre, Camilo se précipite vers Iann par terre pour vérifier s'il respire encore.

Un instant après il reçoit un coup de cross derrière la tête, ce qui le déstabilise instantanément, puis il entend l'hôtesse Sabrina dire à sa collègue…

— Assez ! Tu as fini ! Il sera sonné pour un bon moment. Il faut tout faire ici. Reste avec eux, je dois retourner dans le cockpit pour vérifier que le commandant ne déroge pas aux ordres. Il semble incertain à présent et je crois que tout est de la faute de ce maudit Monténégro. Nous avons presque terminé. Ne lâche pas et qu'Allah nous garde.

Lorsqu'ils furent seuls, Murielle, un peu moins dominatrice, lui dit en l'attachant.

»»»»

— De toute façon vous n’auriez rien pu faire. Tout est presque terminé. Personne ne s’en sortira vivant.

***

Dans le cockpit, une conversation déconcertante se tient au même instant.

— Amerrir! Mais je ne connais rien et je ne savais pas…

— Vous ne comprenez donc rien… Il ne faut surtout pas réussir votre amerrissage. C’est le pourquoi de notre recrutement, réplique l’hôtesse. Alors vous le faites cet atterrissage ou je dois m’en charger seule.

— Mais faites-le donc, dit-il en se jetant sur elle. D’une façon ou d’une autre cet avion vous l’avez dit est foutu.

»»»»

Une détonation se fait entendre et une deuxième plus forte suit. Tout de suite après, l'avion commence sa descente vers l'enfer à une vitesse folle.

— Ah !... Ah ! entendit-il. Enfin tout commence, dit la jeune femme en tombant par terre.

Dans la soute, la femme avec l'arme est projetée sur une paroi métallique du Boeing. Camilo, plus chanceux atterri près de la porte. Un peu sonné, il trouve tout de même la force d'ouvrir la porte. Toujours en titubant, il réussit toutefois à marcher le plus rapidement possible, en se tenant sur le dossier des sièges sur sa route vers le poste de pilotage, malgré la force d'attraction d'un avion en chute libre.

Arrivé à la porte, il regarde par le hublot. Avec un visage aussi blême

»»»»

qu'un mort en sursis, Camilo ouvre la porte et il entend le pilote crier.

— L'eau… L'eau… elle se rapproche.

Cette voix, qu'il venait d'entendre, c'est bien celle du pilote, mais il comprend vite que le message n'est pas pour lui.

Camilo, de peur en l'entendant, se cramponne au siège le plus près et ferme les yeux. Le son alors lui semble provenir d'un rêve.

— May day… May day… Vol 121… Bombe… Une bombe… May day… Nous allons nous écraser… il y a de l'arsenal militaire à bord. Une détonation…

Avant d'entrer dans l'inconscient, Camilo entend ces dernières phrases :

— Tour de contrôle à vol 121 en provenance du Royaume-Unis.

»»»»

Qu'avez-vous dit ? Nous ne vous entendons presque plus. Il y a beaucoup d'interférences sur cette fréquence. Changer de fréquence… Mon Dieu ! Il n'y a plus… Nous ne vous voyons plus sur notre radar…

»»»»»»

»»»»

Chapitre 10

Toujours en état de choc devant tous les morts qui se trouvent à ses côtés, Tim sort de sa torpeur en entendant un cri venant du devant de l'appareil.

« Si j'ai bien compris la voix, il ne devait y avoir que moi de vivant ici pourtant je ne suis pas fou... Je viens bien d'entendre un cri. Peut-être ai-je mal interprété la voix. Oui...Oui, je me souviens, elle a dit aussi et peut-être un autre que tu devras trouver. Eh bien ! Je crois que c'est fait. Cette autre personne est assurément celle qui m'aidera à surmonter cette horreur, enfin j'espère » cogite Tim en se

»»»»

levant tout en regardant la femme morte à ses côtés.

Sans plus attendre, il se dirige vers la provenance du cri, car la vision d'horreur venait de faire resurgir ses tremblements et il savait que s'il ne bougeait pas, il reviendrait dans sa léthargie.

Néanmoins, ce qu'il découvre en arrivant est tellement triste et oppressant, que durant plusieurs minutes il ne put que regarder.

Une jeune femme en sanglots est penchée sur une dame d'un certain âge. Elle pleure et lui parle en murmurant, comme si la pauvre pouvait encore lui répondre. Il ne comprend pas ce qu'elle lui dit, mais il se dit qu'il doit intervenir.

Donc, pour la consoler ou l'apaiser un peu, il s'agenouille près d'elle. Pour ne pas lui faire peur, en commençant par parler et pensant que s'était la bonne façon de l'aborder, Tim touche son épaule.

Cependant son geste eut l'effet inverse. La malheureuse sursaute et le frappe au visage. Puis en le secouant sans ménagement, elle hurle :

— Mais qui êtes-vous ? Est-ce vous qui avez fait cela à ma mère? Êtes-vous le Concepteur de ce jeu horrible. Je veux me réveiller… Comment pouvez-vous être si cruel ? En acceptant ce nouveau défi, je voulais seulement m'affirmer et vous me faites cela.

Il se dégage et s'éloigne d'elle en se tenant la joue. Son geste eut un effet bénéfique car il réussit à s'exprimer.

— Calmez-vous madame… Je ne suis pour rien de tout cela. Je ne me souviens peut-être de pas grand-chose, mais je suis certain de ne pas être comme vous dites le Concepteur de ce jeu macabre. Je sais que je ne suis pas un meurtrier et cela j'en suis certain. Je suis comme vous une victime. Peut-être que cela pourra vous apaisez un peu que je vous raconte mon entrée ici ? À mon réveil une voix m'a donné quelques explications et si je les ai bien interprétés, ce jeu n'est que fiction. On n'est dans une réalité virtuelle. Rien de tout cela n'est vraiment arrivé vous comprenez ce que je viens de vous dire. Votre mère n'est pas vraiment morte.

— Ben voyons ! Vous êtes un idiot si vous croyez vraiment cela. Dites-moi alors en touchant un de ces cadavres, qu'ils ne sont pas morts et essayez de me convaincre ensuite que tout ceci n'est pas réel. Pourquoi alors sommes-nous dans un avion ? Je me suis inscrite, oui dans un jeu, mais je ne savais pas que nous serions transportés ici, dit-elle en serrant la morte, fortement dans ses bras.

— Mais vous divaguez là !

La femme ne le laisse pas continuer elle tourne la tête vers lui. Son regard en disait long sur son état et elle poursuit :

— Vous voulez une preuve de ce que j'avance monsieur et bien la voilà. Ils sont cruels et ils nous tiennent par la peau des fesses. Ce sont des méchants messieurs, et oui, je dis bien des hommes, car je ne peux concevoir qu'une femme pourrait me faire cela. Non attentez, vous comprendrez mieux ensuite. Ne dites rien laissez-moi continuer. Je le sais, car cette femme morte à côté de moi, est disparue depuis dix longues années et je la retrouve ici, morte… Maman Rosie[9]… Alors vous comprenez pourquoi je les appelle des monstres et que ça ne peut pas être une femme qui peut faire autant souffrir.

— Oh mon dieu ! Je… Je ne sais que vous dire, sauf que mon instinct me dit qu'il n'y a aucun féminin ou masculin dans cette histoire. Que le sentiment n'existe plus ici. Mais peut-être ai-je oui, mal compris et que nous y sommes réellement. Donc si on part de cette idée, nous jouons nos vies, poursuit Tim, qui regarde ses mains recommencer à trembloter. Plus j'y pense et plus je m'affole car oui, je crois bien que nous sommes où vous dites, mais je sens que nous avons une chance de nous en sortir, car la voix

[9] Rosie : (Respecte), Personnage du bateau de Raph le terrible dans le tome 1 Pirates des mers de la Saga : Tempête.

»»»»

qui m'a réveillé m'a dit quelques trucs qui pourraient nous aider.

— Ben voyons ! Pourquoi ces monstres nous aideraient ? Et pourquoi moi je n'ai rien entendu. Ce jeu est bizarre… Pourquoi tous ces gens là sont-ils morts ? Nous sommes en plein vol, voyez, dit-elle en ouvrait les stores. Et si eux sont morts pensez-vous que le pilote et son acolyte sont toujours en vie ? (Tim fit non de la tête.) Alors, pourquoi nous volons toujours et que nous ne sommes pas en train de nous écraser. Mais, allons voir dans leur cabine, peut-être je me trompe et ils sont en vie. Peut-être le pilote est-il encore en vie. Oui… Oui… C'est certain ils le sont et ils pourront nous expliquer… Allons tassez-vous et laissez-moi passer.

»»»»

Voyant sa détresse, sans dire un mot, Tim la laisse passer et la suit, penaud.

Tout en marchant d'un pas rapide, elle poursuit sur sa lancée.

— Ils nous doivent bien une explication. Au fait, je m'appelle Joëlle[10] et vous monsieur ?

— Enchanté de vous connaître Joëlle. Au moins, ils m'ont laissé la connaissance de mon nom. Mon prénom est Timothy, mais je sais que tous ceux qui me connaissent m'appellent Tim, répond-t-il en courant presque derrière elle.

— J'aime bien et moi on me surnomme Jo, réplique Joëlle. Alors

---

[10] Joëlle : nouveau personnage dans Pirates de l'air de la Saga : Tempête, ajouté par le Concepteur du jeu

»»»»

Tim, êtes-vous prêt pour une explication ?

***

◀ — Mais pourquoi ce nouveau personnage. Vous ne m'en avez pas parlé, dit le Maître du jeu.

◀ — Eh bien non ! C'était une de mes dernières surprises. Elle cherche depuis tant d'années sa mère et je l'ai satisfaite. Maintenant elle sait… Enfin elle croit savoir. Cependant ne vous en faite pas elle ne se rendra pas bien loin, réplique aussitôt le Concepteur.

◀— Bon si vous le dites, mais ça me fait un nouveau concurrent à gérer et je m'en serais bien passé.

***

»»»»

Arrivée à la porte de la cabine, Jo, s'arrête et se tourne vers Tim.

— Croyez-vous que nous devons nous annoncer avant d'entrer ? Au cas où …

Tim l'interrompt aussitôt.

— Non, ils doivent savoir et cela le plus rapidement possible dans quelle catastrophe ils se trouvent. Par la suite nous lui parlerons de ce qui est arrivé aux passagers et au personnel de l'avion.

En lui parlant, Tim croit voir une vision effrayante qui le cloue sur place. Un court instant, mais rapidement, il reprend le contrôle et l'écarte doucement.

— Jo, laissez-moi ouvrir la porte, on ne sait pas ce qu'on trouvera à l'intérieur.

»»»»

Sans lui laissez le temps de réagir, il empoigne la poignée.

Une chance la porte de la cabine de pilotage n'est pas verrouillée. Tim, d'un pas assuré, même si en dedans il tremble, entre seul dans la cabine et les deux seuls mots qui sortent de sa bouche sont :

— Monsieur… Oh !

Alertée, Joëlle entre aussitôt.

Aucun son ne sort de sa bouche, tellement elle est sidérée. Une peur soudaine la cloue sur place. Jo reste muette devant cette nouvelle scène d'horreur. Devant eux, couché sur le volant et l'autre adossé à son fauteuil, gisent deux autres corps inertes.

Tim le premier, reprend son sang froid et il se dirige vers eux. Sans prendre la peine de penser qu'il touche des cadavres, il pose les doigts sur la veine jugulaire afin de vérifier le pouls pour ensuite se retourner vers Joëlle qui n'a pas bougé et a toujours la bouche ouverte. Pour la faire réagir, il lui dit :

— Mon dieu! Ils sont morts eux aussi et cet avion est sur le pilote automatique. Hey Joëlle ! Réveillez-vous. Si on veut survivre, on n'a pas le temps de flancher. Vous ne savez pas par hasard comment faire atterrir cette chose ?

Cette dernière question la fait réagir aussitôt.

— Non... Non bien sûr que non. Il ne m'aurait sûrement pas sélectionné si j'en avais été capable, ne croyez-vous pas ? Mais je suis une dévoreuse de toutes sortes de livres. Je dois réfléchir, peut-être me souviendrais-je de quelques explications qui pourraient nous aider, réplique-t-elle.

»»»»

Pendant qu'elle s'y met, il reprend ses observations, mais cette fois, il le fait à haute voix.

Bon… Alors en tout premier lieu, nous devons nous alimenter pour ne pas perdre nos forces. Voulez-vous, s'il vous plaît, allez voir si vous ne pourriez trouver quelque chose à grignoter. C'est certain qu'il doit y avoir du ravitaillement dans cet avion. Durant ce temps je sortirai ces corps et ensuite en prenant leur place nous auront tout le loisir pour réfléchir. Je vais m'y mettre moi aussi car nous ne serons pas trop de deux pour essayer de trouver une solution.

— Bien Tim, vous avez raison. Il faut mieux que je ne sois pas là lorsque vous les déplacerez, répond Joëlle en ouvrant la porte du cockpit.

Dehors aussitôt on entend des éclats de voix.

»»»»

— Oh ça alors, vous entendez Tim, nous ne sommes pas les seuls survivants. Merveilleux, enfin une bonne nouvelle. Je vais aller leur annoncer notre présence.

Aussitôt Tim la rattrape, son instinct lui dit de ne pas se dévoiler, car la voix lui avait dit que seulement deux passagers dont lui étaient encore en vie. Alors qui sont-ils ?

— Non! Non, Jo attendez... Je ne suis pas certain que c'est une bonne nouvelle.

— Ben voyons ! réplique-t-elle aussitôt en essayant de se libérer. Vous êtes trop paranoïaque. Lâchez-moi, je vous prie.

— Vous croyez, alors dites-moi pourquoi ces gens ne sont pas aussi immobiles que ceux-ci ? Laissez-moi faire, réplique Tim. Je vais aller espionner ces gens et voir s'ils sont comme vous dites inoffensifs. Durant ce temps rester ici bien installée dans ce siège et attendez mon retour.

Jo, même si elle est mécontente, se déplace vers sa droite pour laisser passer son collègue, puis trouve une rangée de sièges vacants, et s'y installe en ajoutant.

— Ok, vous avez raison. Je suis imprudente. Allez vérifier, comme vous voulez, mais je suis certaine que vous vous en faites pour rien.

— J'espère que vous avez raison, mais nous devons être vigilants, termine Tim, en commençant son déplacement.

En essayant de ne pas faire de bruit, Tim se dirige vers les voix. Soudain, il entrevoit quelque chose et rapidement il se cache derrière le deuxième rideau. Effectivement, trois personnages vêtus comme s'ils étaient en guerre se

»»»»

rapprochent de lui. Un instant plus tard, il entend une conversation qui lui glace le sang.

— Vous voyez, tout s'est bien passé et beaucoup mieux que nous l'espérions. Ça n'a pas été difficile et nous n'avons pas eu besoin de nous servir de nos armes. Maintenant, nous devons faire dévier ce cercueil volant vers le but de notre mission. Notre acte héroïque nous sera rendu au centuple. Maintenant, allons faire notre travail dans la cabine de pilotage.

Ces dernières paroles mettent Tim en mode panique et intérieurement, il supplie sa partenaire.

« S'il te plaît, Joëlle, fait la morte. Ne dit rien… Je ne suis pas revenu, donc tu ne peux te fier à eux… »

Lorsqu'ils furent disparus, Tim voit par terre une chose qui pourrait leur sauver la vie. Mais en aura-t-il le temps ? Il doit essayer, il n'a pas d'autre choix. Il prend le cellulaire qu'un passager avait laissé tomber probablement avant de mourir et le seul numéro qui lui vient en tête est le 911 et c'est ce qu'il compose.

Une tonalité se fait entendre, mais malheureusement, Tim ne s'est pas aperçu que le téléphone était en main libre. Une voix se fait alors entendre.

— 911 à l'écoute… Comment puis-je vous aider ?

Aussitôt, Tim appuie sur le bouton pour enlever le main libre du cellulaire. Regardant dans la direction des pirates, il attend de voir s'il avait été assez rapide. Malheureusement, ce ne fut pas le cas. Le bruit alerta les terroristes.

— Mais quel est ce bruit ? On aurait dit une voix. Avez-vous vérifié tous

»»»»

les passagers pour voir si l'un d'eux avait réussi à éviter le poison ?

— Non ! Hum... Certainement oui mais pas tous... Le poison était dans l'air. Nous, nous avions nos masques. Comment voudriez-vous qu'il y ait des survivants ? C'est impossible.

— Bande d'incompétents stupides! Impossible ! Alors qu'est-ce que nous avons entendu? Allons voir si ce n'est pas un fantôme que nous avons entendu alors, dit le chef des terroristes.

Tim rapidement jette le cellulaire le plus loin possible derrière lui, espérant les duper assez longtemps pour pouvoir aller dans la cabine de pilotage et s'y enfermer avec Joëlle.

Sa ruse fonctionne, les hommes passent près de lui en courant. Par la suite en essayant de ne pas faire de bruit, Tim court dans la direction opposée, vers la jeune femme qui se lève aussitôt qu'elle l'aperçoit.

— Vite… Dans la cabine.

Aussitôt elle obéit. Avant de refermer, ils entendent…

— Satanés d'imbéciles ! Quelqu'un a fait cet appel. Bande d'incompétents, il y a des survivants. Je ne sais pas comment c'est possible et ce n'est pas ce qui importe. Vous allez me les trouver pour ensuite vous débarrasser de ce ou ces poids inutiles et vous devrez vous assurer cette fois d'avoir bien fait le travail.

En panique Tim hurle:

— Ferme vite la cabine Joëlle et verrouille-la ensuite. Tu as entendu comme moi, ce sont des terroristes.

Joëlle, blême comme un drap obéit, sans émettre aucun commentaire, mais par mesure de prudence, elle regarde

»»»»

dans l'allée pour voir les terroristes arriver au pas de course vers eux. Ceux-ci approchent dangereusement d'eux, et dans un mouvement précipité elle referme verrouille la porte et s'en éloigne rapidement.

»»»»

Chapitre 11

Bizarrement, lorsque Volgan revient à lui, il regarde tout autour et rien ne semble avoir changé. L'agent de bord est toujours par terre raide mort. La seule chose, qui est différente, la situation dans laquelle Maria se trouve. Cette dernière, cette fois, est accroupie dans un coin et elle pleurniche. Cependant, Volgan n'est pas dupe car il sait que Maria n'est pas un ange, il n'a pas oublié.

Il décide de jouer la carte de l'amnésie pour épier les réactions de la jeune femme et voir comment elle agira. Il verra ensuite comment il procédera lui aussi.

»»»»

Ayant prit sa décision, il fait comme s'il revenait à lui.

— Mais que s'est-t-il donc passé ? Oh mais ! Qu'est-il arrivé à ce jeune homme ? demande-t-il, d'un ton perplexe en voyant le cadavre couché près de lui.

Maria le regarde perplexe.

« Se peut-il qu'il ne se souvienne de rien, songe-t-elle. Ou bien, il me teste ? Hum… »

Elle décide toutefois de jouer le jeu pour comprendre s'il est sincère ou non.

— Vous ne vous souvenez pas ?

Volgan hoche la tête de gauche à droite, pour signifier que non, sa mémoire est vide.

Il ne dit rien, car il ne veut laisser aucun doute. Maria qui ne peut faire

»»»»

autrement, se lance dans une explication brève et précise. Cela lui permettra de ne pas se contredire.

— Et bien, ce jeune agent de bord est entré comme une furie ici en disant qu’il ne pouvait plus vivre. Il a alors sorti un pistolet et il s’est tiré une balle en pleine tête. Ce n’était vraiment pas beau à voir. La preuve en est qu’en voyant le résultat, vous n’avez pu le supporter. Je le regarde un instant ébahie pour ensuite me retourner vers vous, tombant sur le sol. Votre tête est tombée lourdement par terre et je n’ai rien pu faire car j’étais trop loin de vous.

« Cette partie est totalement fausse, cogite-t-elle en le regardant droit dans les yeux, espérant voir une réaction.

Cependant Volgan ne fait aucun geste qui pourrait la mettre sur la voie de la vérité et Maria ne peut que poursuivre.

— C'est peut-être la raison de votre amnésie. Souhaitons qu'elle ne soit que temporaire, répond-t-elle en séchant ses larmes. Nous avons besoin de votre cerveau en parfait état pour nous sortir de ce mauvais pas.

Aussitôt sa phrase terminée, Volgan retourne son regard vers le mort, pour ne pas qu'elle comprenne qu'il n'en croit rien. Il lui faut plus de temps pour savoir ce que la complice cherche à savoir de lui avant de l'éliminer, car il ne fait aucun doute que c'est ce qui est prévu. Pour cela, elle ne doit se douter de rien.

Pour ne pas éterniser le silence qui s'est installé, il se lève en vacillant un peu. Ça devait avoir l'air du contre coup du choc de sa chute.

»»»»

« J'espère seulement être assez bon pour la convaincre, mais si ça n'a pas été le cas, je le saurai bien assez tôt » songe Volgan.

Cependant, pour ne pas avoir l'air d'un gars qui en met plus que le besoin en demande, il redevient stable et sans plus attendre il se dirige vers le cadavre.

En le touchant, il eut un effet de recul car on aurait dit qu'il venait de se tirer une balle. Son corps était encore chaud et pourtant il sait que c'est impossible.

Il reprend pourtant vite son self-contrôle car il sait que son geste pourrait lui causer du tort, il dit la première phrase lui venant en tête.

— Je vais le fouiller. Peut-être nous aura-t-il laissé un indice, quelque chose qui nous aidera à mieux comprendre ce qui nous arrive.

»»»»

Puis voyant, l'effet de ses paroles sur le regard que Maria lui jette, il se reprend.

« Oh ! Ai-je fait une erreur ? Ouais… Peut-être pas après tout, je crois savoir ce qui la fait réagir ainsi et je vais rattraper ma gaffe. »

— Ne me regardez pas de cette façon, voyons ! Je sais qu'il me manque des bouts, je me rappelle de petites bribes très floues. Voilà, je me souviens que nous sommes enfermés ici depuis un bout de temps. Qu'on a conversé, mais je ne me souviens plus de ce dont nous avons discuté. J'ai perdu la mémoire, mais je ne suis pas idiot. Je vois bien que nous sommes prisonniers et que nos vies ne tiennent qu'à un fil, termine Volgan en pointant le mort. Mais il me manque le pourquoi. Et pour essayer de

»»»»

comprendre, je dois reprendre ma fouille.

Il entend le soupir de Maria, ce qui le satisfait. Pourtant les mots qu'elle prononce le déstabilisent.

— Je pourrais vous surprendre.

Puis elle se tait, car Volgan venait de reprendre la fouille.

Les dernières paroles de Maria l'avaient atteint en plein cœur, mais il devait agir comme si ces mots prononcés ne le dérangeaient pas.

Très rapidement durant la fouille, Volgan trouve dans sa poche de derrière, une feuille pliée en quatre. Il jette un coup d'œil vers la jeune femme et voyant qu'elle venait de reprendre sa position de femme soumise, il reprend confiance et ouvre aussitôt la feuille pour ensuite en commencer la lecture, et obliger Maria à réagir.

— Ce sont ses dernières volontés. J'espère… (Puis il arrête et poursuit plutôt) Ouais ! Nous devrions avant tout penser à cacher ce pauvre homme. Hum… Il n'y a aucun endroit qui convient, alors nous allons improviser. Prenez la couverture sur le matelas, nous allons mettre le corps près du mur de derrière et le recouvrir.

Ce qu'ils font, puis il poursuit.

— Ensuite venez m'aider ! Nous allons tirer le matelas le plus près possible du corps.

Voyant qu'il avait réussit à la faire réagir, Volgan est satisfait et il reprend la parole.

— Ce n'est pas parfait mais c'est mieux que rien. Maintenant votre tâche sera d'essayer, à l'aide de cette seule guenille, d'enlever le plus de sang possible.

— Mais… rouspète Maria.

Volgan arrête sa plainte sans plus attendre, heureux que la femme ne soit plus aussi soumise qu'elle voudrait le faire croire.

— Faites-le s'il vous plaît. Vous savez pertinemment que l'heure n'est plus à la discussion.

Pour la première fois, il voit dans le regard de Maria de la détresse, mais il ne doit pas s'y arrêter.

La femme voyant qu'elle n'a d'autre choix, acquiesce à sa demande sans rien ajouter d'autre.

Volgan, durant ce temps commence aussitôt sa lecture.

— « *J'espère que vous trouverez cette lettre. Je vous l'écris car je ne me*

»»»»

sens pas la force de vous le dire de vive voix. Premièrement, j'ai éliminé la personne qui aurait pu vous reconnaître dans l'avion et je ne crois pas qu'ils s'en apercevront de sitôt et là je parle aussi de ma disparition. Ils sont beaucoup trop confiants pour penser que je puisse essayer quelque chose. Ce sont des gens asociaux... Donc, ils ne travaillent en gang que lorsqu'ils ne peuvent faire autrement et je vous affirme que quelques-uns se connaissaient déjà et que d'autres étaient de parfaits inconnus. Vous vous demandez pourquoi je sais tout cela... J'étudie justement la psychologie humaine. Ce travail était seulement pour payer mes études. Vous voyez comme ils sont battables et qu'ils ne savent pas tout. Pour moi, c'est fini. Mais pour vous ce sera peut-être différent. Je termine par vous donner mes observations. Ils étaient dix au début avec moi et maintenant ils ne sont plus que neuf, sept hommes et deux femmes.... Mais je mets un bémol au nombre de personnes impliquées car je sais qu'au moins un autre traître est dans cet avion et je n'ai pas réussi à le démasquer. »

Volgan prend un instant pour reprendre son souffle et avoir cette pensée.

« Moi je sais qui elle est, jeune homme, ne t'inquiète pas » songe-t-il, comme si celui-ci pouvait le comprendre.

Puis il continue la lecture:

— « *Les armes sont cachées partout à bord, dans les toilettes, les casiers dans la cuisine et même en dessous des sièges. J'ai aussi découvert qu'ils utilisent des balles qui n'endommagent pas la structure de l'avion. J'ai même été capable d'en voler quelques-unes pour moi. À l'instant où j'écris cette note, je sais qu'au moins trois d'entre eux, ont déjà leurs armes en leur possession. Je sais qu'ils ont l'ordre de mission de faire écraser cet avion sur un pont bondé à l'heure de pointe. Il y a assez d'explosifs à bord pour détruire toute une ville. Si vous êtes en contact avec eux, assurez-vous de ne jamais parler de religion et faites tout ce qu'ils vous diront. C'est peu probable, mais peut-être cela vous sauvera-t-il la vie. Ne les regardez jamais dans les yeux et ne faites aucune allusion à la tenue vestimentaire de quiconque. Ce sont de féroces guerriers, ils n'ont aucune pitié et ils sont surtout capables de se sacrifier pour leur mission. Maintenant, il ne me reste qu'à vous souhaiter la meilleure des chances. »*

À bout de souffle, après la lecture d'une si longue note, Volgan prend

»»»»

une pause de quelques instants puis il poursuit.

— Ouf… Cette longue lettre se termine ainsi. Vous trouvez comme moi qu'il nous en dit beaucoup et peu à la fois… Et il a compris comme nous que nous ne pouvons nous fier à personne.

Puis Maria rajoute en le regardant.

— Vous voulez sûrement dire que nous ne pouvons nous fier à personne, sauf à nous deux. Et oui sa lettre nous donne au moins certains points de repère. Nous n'avions rien et maintenant nous savons que nous devons sauver plus que les passagers. Nous allons devoir sauver la population au sol où qu'elle soit. Nous ne pouvons être certain de l'endroit où le crash aura lieu. Cet homme, dit-elle en désignant la couverture, n'avait

»»»»

apparemment pas toute sa tête pour agir ainsi.

— Oui vous avez parfaitement raison. Je ne dois pas être défaitiste et nous faire confiance.

— À la bonne heure, vous êtes avec moi et vous allez devoir avoir une confiance aveugle. Vous ne devrez avoir aucun doute sur mon but et ça commence maintenant, réplique Maria en se dirigeant vers la poignée.

Voyant où elle se dirige, Volgan reste songeur. Elle tourne son regard vers la porte et ouvre celle-ci. Comme si elle avait repris le rôle de chef, elle poursuit en lui disant :

— Maintenant, je vais retourner à mon poste et servir les passagers pendant que vous irez vous rassoir à votre siège. Dans une quinzaine de minutes vous aurez une envie subite et vous aller devoir aller aux toilettes

»»»»

avec votre sac que j'ai mis dans votre case à votre arrivée. Vous y trouverez une arme ou deux, prenez-les et cachez-les dans votre sac, revenez vous rassoir et vous ne bougerez plus jusqu'à mon signal.

— Oui, c'est un bon début de plan, mais vous allez devoir venir me reconduire à mon siège, car je n'ai aucune idée de celui qui m'a été attribué.

— Bien, on y va alors.

« Ouais, la petite dame a repris vite du poil de la bête et tout assimilé. Elle se souvient que je lui ai mentionné que je nous croyais prisonniers et elle me l'a fait croire jusqu'à maintenant. Peut-être a-t-elle su ce qu'elle devait savoir, mais pour une raison encore inconnue, elle veut m'avoir de son côté. Et si elle était comme un agent double ? Que le meilleur gagne.

»»»»

Et cette Maria veut tout simplement être du côté des gagnants... Ouais il vaut mieux la garder à l'œil, mais zut ! je ne pourrai pas la suivre sans éveiller de soupçon. Je dois attendre qu'elle revienne vers moi. Et je suis certain d'une chose, plus j'attends et plus mes chances de réussite s'amoindrissent. Si je pèse les pour et les contre, il semble évident que je dois essayer et non attendre » cogite Volgan.

Cependant sans dire un mot, il la suit.

***

◄ — Bravo Maître ! Vous y avez mis du vôtre aussi. En mélangeant ainsi les personnages et concurrents, vous les limitez à ne croire qu'en eux-mêmes.

»»»»

◄ — Merci Concepteur, j'ai appris du meilleur.

»»»»

»»»»

Chapitre 12

« Nouvelle de dernière minute... Nous venons d'apprendre qu'un Boeing 747 en provenance du Royaume-Unis avec à son bord 250 passagers et 20 membres d'équipage, vient de disparaître de nos écrans radars... »

***

Puis, plus de dix sept jours plus tard une seconde nouvelle est émise et cela dans plusieurs pays simultanément, annonçant la tragédie et la découverte de l'épave du Boeing. En voici les grandes lignes:

»»»»

« Après plus de deux semaines de recherches, le vol 514, disparu sans laisser de trace, a été finalement retrouvé dans une forêt très dense de l'Himalaya. Personne ne sait comment il est arrivé là, mais malheureusement, il ne semble pas y avoir de survivants. 268 corps ont été récupérés sur une possibilité de 270. Malheureusement pour les familles, pour la plupart, les victimes sont tellement carbonisées que leurs identifications seront longues et ardues. Pour certains d'entre eux, il faudra même des années, m'a-t-on dit, pour y arriver. Et on vous demande aussi, pour être en mesure de répondre à une nouvelle catastrophe, de ne plus engorger les lignes. Lorsqu'il y aura des identifications de réalisées, les familles seront avisées et bien sûr, pourront récupérer leurs proches. Mes

»»»»

condoléances les plus sincères aux familles. »

« News English

After more than two weeks of research, the flight 514 Boeing 747, disappeared without a trace, was finaly found in a dense forest of the Himalayas. Nobody knows how he got there, but unfortunately, there do not seem to be any survivors. 268 bodies were recovered from a possible 270. Unfortunately for families, for the most part, the victims are so charred that their identification will be long and arduous. For some of them, it will take even years, I was told to get there. And I am also asked, to be able to respond to a new disaster, to no longer clog the lines. When there is authentication, the families will be notified and of course the cleanest. My sincerest condolences to the families.

《 新しい日本語

2週間以上の研究の後、ボーイング747は、ヒマラヤ山脈の密集した森林に痕跡なしで姿を消しました。どのように彼がそこに着いたかは誰も知っていませんが、残念なが

»»»»

ら、生存者はいないようです。残念ながら家族のために、ほとんどの場合、犠牲者は非常に傷ついており、身分証明書が長くて厄介なものになっています。その中には何年もかかるだろうと、私はそこに着くように言われました。また、私は新しい災害に対応できるように求められています。もはやラインを詰まらせることはありません。認証があれば、家族に通知され、当然のことながら、私の心から誠実な家族への同情。

***

— Non ! Pas ça, hurle Camilo en se réveillant.

— Tu te décides enfin à ouvrir les yeux paresseux. Je sais que je ne suis pas le plus jasant des pilotes, mais je ne pensais vraiment pas faire cet effet là. On m'avait dit que tu étais bizarre Cam, mais je ne m'attendais pas à ça.

D'un regard affolé, Camilo regarde partout autour de lui car il ne comprenait plus rien. Voilà un instant,

»»»»

il vivait un écrasement et une minute plus tard, lorsqu'il ouvre les yeux, il se retrouve dans le cockpit avec le pilote qui lui sourit.

« Vraiment ça n'a pas de sens ce jeu et si celui-ci continue à me faire vivre des émotions aussi intenses. Je vais sûrement mourir, mais pas dans un crash, mais bien d'une crise cardiaque. Ils seront bien avancés, si ça se produit. »

Pour ne pas garder cet étrange silence Camilo, toujours sur l'adrénaline, réussit toutefois à lui répondre.

— Mais… Vous êtes… (Il se tait car il ne peut lui dire la vérité, sans se ridiculiser plus qu'il ne l'est déjà. Il poursuit donc ainsi.) Ouais… Je suis désolé. Je ne suis pas bizarre, je suis une des nombreuses victimes de narcolepsie. Je m'endors à tout moment sans prévenir. C'est pour ça que je ne suis pas pilote. S'il vous plaît, ne me faites pas un rapport sinon je perdrai assurément mon poste. Vous pouvez me faire confiance, je travaille fort pour stabiliser mon cas et je suis suivi de près.

« Mon dieu, je ne sais plus que dire… Suppliez comme un idiot et pensez qu'il me soutiendra… Même si je ne suis pas pilote, je joue toutefois avec la vie de vraies personnes. Mais je ne trouve rien de plus génial pour me justifier et en fin de compte, c'est une demi-vérité, car je sais que je suis assurément épié de toute part » cogite Camilo.

Iann le pilote, avec un regard suspicieux, lui répond toutefois ceci.

— Hum… Je ne suis pas certain de vous faire un cadeau, mais si vous me dites que vous vous soignez, je vais attendre un peu avant de signaler votre cas. J'espère que je ne fais pas une gaffe, car nous jouons la vie de plusieurs personnes à chaque voyage. Toutefois, j'aimerais savoir combien de mes compatriotes connaissent ce détail sur votre état ?

Camilo a de la misère à rester avec lui, tellement il veut se rappeler de sa dernière réalité, mais il doit trouver et vite une réponse à la dernière question du pilote pour ne pas qu'il pense qu'il est reparti dans sa narcolepsie. Il choisit de lui dire la stricte vérité.

— Pour vous dire la vérité, très peu… À chacune des personnes à qui je parle, il y a un risque. Je peux les compter sur les doigts d'une main en vous comptant, car pour ma défense, j'ai réorienté ma carrière avant de savoir que je suis atteint de cette maladie. Je viens de terminer mes

»»»»

stages et j'aimerais savoir si je peux, en étant stabilisé, continuer à faire ce métier. Toutefois, ce que je peux vous promettre est la même que j'ai fait aux autres… Si je ne parviens pas à régler ça dans les mois qui suivent, je me réorienterai vers une nouvelle carrière en tenant compte de mon handicap. Pour ma nouvelle famille, je me dois au moins d'essayer de stabiliser mon cas, car j'ai une femme et un nouveau bébé à nourrir à la maison et ils ne doivent pas souffrir de mon état.

« Mon Dieu, faites que la fin de mon monologue sonne vrai. Même moi je ne suis pas certain de me croire » cogite Camilo.

Iann garde le silence en le regardant droit dans les yeux. Puis il prononce ces paroles qui sonnent bien aux oreilles de Camilo:

»»»»

— Je vous dis seulement ceci, je vais vous couvrir si, et seulement si, je suis en mesure de le faire. Cependant, il y a une condition et elle est non négociable. Je vais vous couvrir oui, mais vous serez systématiquement collé à moi. C'est-à-dire que dès que nous atterrirons je ferai une demande pour que vous soyez mon équipier et cela jusqu'à ce que je sois certain que vous ne serez plus un danger pour personne. C'est un gros risque que je prends de vous protéger, mais j'ai aussi la lourde responsabilité de protéger les passagers. Cette dernière règle amène aussi cet avertissement. Seulement si ma demande n'est pas acceptée alors je n'aurai d'autre choix que de signaler votre cas. Est-ce clair ? Car je sais que votre cas n'est pas à prendre à la légère, dans plusieurs situations, vous serez une menace aussi dangereuse que si une bombe

»»»»

éclatait à l'intérieur de l'appareil… Acceptez ma proposition car je ne sais pas combien de temps je vais la maintenir, lorsque j'y réfléchirai…

« Ouf… Il me croit. J'ai au moins une chance. On dirait vraiment que je joue mon emploi. Ce jeu est vraiment spécial, mais si je veux continuer je dois accepter cet offre sans tarder »

Camilo répond sans perdre un instant.

— Merci Commandant, je n'en demande pas plus.

Puis une pensée, soudain, lui vient.

« Hum… Qu'est-ce que je me rappelle de ce jeu. Qu'on avait trois chances… Alors… je ne suis plus à mon premier essai … Et si je regarde où j'ai atterri dans celui-ci, il est évident que ça sera tout une autre histoire. Au moins, cette fois-ci, j'ai un

»»»»

point de positif, un des personnages est le même. Comment s'appelle-t-il déjà ? Iann… Oui je crois, Iann et lors de cet essai, il est pilote. Wow ! Ce jeu se complique à chacun de nos échecs. Je dois agir avec les connaissances qu'il me reste et voir ce qui arrivera. Je ne peux rien faire de plus. »

La voix du Commandant met fin à sa réflexion.

— Hey ! Ne me laissez pas encore tout seul.

— Non Commandant… non, je me demandais si vous aviez mangé…

— Non, justement l'hôtesse devrait venir d'un instant à l'autre. Ah oui, pendant votre petit repos forcé, nous avons eu la visite d'une certaine Maria… Je l'ai renvoyé à son siège, car elle me posait des questions très bizarres.

»»»»

« Bon, encore une bonne nouvelle. Cette Maria doit être ma nouvelle coéquipière. Je dois trouver le moyen de m'en assurer. »

— Alors si vous me permettez, Commandant, j'aimerais aller m'assurer de sa collaboration et si elle fait encore des siennes, je l'isolerai et du même coup, je vais m'assurer que notre hôtesse ne nous a pas oublié et ça me fait du bien de bouger un peu.

— Effectivement ça ne peut pas vous faire tort et j'ai vraiment faim. Alors faites !

***

« Mais est-ce que j'ai vraiment besoin d'un crétin de ce genre, comme coéquipier ? pense Maria furieuse. Mais il ne sait pas ce qu'il manque car

»»»»

je ne lui ai pas dit qui je suis et c’est bien fait pour lui. Je suis capable de m’en sortir seule, comme toujours. Je ne fais rien pour l’instant, je me repose. On verra bien ce qui se passe. »

Contente de sa décision, Maria ferme les yeux. Mais quelques instants plus tard, un évènement la prend au dépourvu.

***

Une énorme secousse fait basculer Camilo qui tombe à genoux près d’elle.

« Mais qu’arrive-t-il encore ? cogite ce dernier. Oh non, pas un nouvel essai manqué ! Je ne veux et ne peux perdre. »

»»»»

Une deuxième aussi forte, fait descendre les masques du plafond. Tous les passagers effrayés sont soudain pris de panique et tous crient à pleins poumons en les mettant, car par un hublot on voit une hélice s'arrêter et l'autre moteur prendre feu. De plus plusieurs passagers s'évanouissent avant même d'avoir pu enfiler leurs masques.

Voyant Maria essayer de se lever pour certainement aller aider les pauvres passagers, Camilo s'interpose en lui disant:

— Un instant, vous êtes Maria, je suppose, et moi je suis Camilo et je suis là pour vous aider. Alors oui, faites de votre mieux pour aider ceux qui en ont besoin et moi je retourne aussitôt voir ce qui se passe dans la cabine de pilotage. Et espérons que je puisse revenir ici ensuite…

»»»»

Camilo n'a pas le temps de terminer sa phrase qu'un nouvel évènement se produit.

Juste à côté de la jeune femme, il entend une petite fille qui pleure et hurle ces mots:

— Non Maman… non ! Tu sais bien que tu vas briser mon toutou préféré. Tu es méchante !

« Cette petite voix… elle me dit quelque chose… (Et soudain Camilo se souvient.) Oh non ! »

Il hurle à Maria, les premiers mots lui venant en tête.

— Maria… Attrape le toutou…

— Mais…

— Ne pose pas de question et fais-le. C'est une question de vie ou de mort. Et occupe-toi de la mère elle est avec eux.

»»»»

Voyant la peur dans le regard de son coéquipier, Maria se tourne vers l'enfant, attrape le toutou et le lance vers Camilo.

L'enfant se remet à pleurer de plus belle. Mais Camilo ne s'en préoccupe pas. Aussitôt il se met à courir vers les toilettes les plus près, ouvre la porte, lance le toutou dedans, puis referme en verrouillant la porte.

Puis, stupéfait de n'avoir pas entendu la bombe éclater, il croit l'avoir désamorcé et il retourne à la hâte, sauver son nouvel ami le pilote.

En entrant, il dit.

— Au moins la bombe dans le toutou n'aura pas fait d'autres dommages et de victimes. Et vous, avez-vous réussi à reprendre le contrôle de l'appareil ?

»»»»

— Il y a longtemps que j'y suis arrivé. Ce n'est pas deux bonnes bourrasques qui me font peur. Et tout en reprenant le contrôle j'ai même fait repartir le moteur droit et éteindre le gauche. Mais… Que viens-tu de dire ? Tu divagues ou quoi ? T'es-tu encore endormi ? Il y a bien longtemps que tu es parti. Et où est notre dîner ?

— Mais non… Je viens de me débarrasser…

Le pilote frustré ne le laisse pas terminer.

— Une bombe, rien de moins… Et pourquoi n'a-t-elle pas sauté ? Tu crois vraiment que tu vas me faire croire que tu l'as désamorcé tout seul. Maintenant assis-toi et ne dis plus rien. Je vais annoncer aux pauvres passagers qu'ils peuvent enlever et ranger leur masque. Et ensuite assures-toi de me donner une explication plus adéquate, sinon…

»»»»

Plusieurs minutes après l'annonce, c'est toujours le silence dans la cabine de pilotage. Puis Iann se tourne vers Camilo et lui dit:

— À ton tour maintenant… Une bombe hein ? Et je te le répète pourquoi n'a-t-elle pas sauté ?

« Zut… C'est vrai pourquoi n'y a-t-il pas eu de détonation ? Et je suis un idiot d'avoir pensé l'avoir désamorcé. Me suis-je trompé ? Y avait-il vraiment des explosifs dans ce toutou. »

En regardant Iann, il comprend qu'il ferait mieux de trouver une explication et vite.

— Hum… réplique le pilote en tapant du pied d'impatience.

Cependant, avant que Camilo ne réponde, Maria entre dans le cockpit, furieuse.

»»»»

— Qu’est-ce qui t’a pris, sombre idiot. Pauvre petite… Sa mère ne venait que de tomber sur le toutou, c’est pourquoi l’enfant pleurait.

»»»»

Chapitre 13

Tim se réveille assis sur la banquette des agents de bord de service. Il ouvre les yeux pour entendre ses premiers mots.

— Enfin de retour parmi nous Tim. Le commandant ne t'a pas manqué tout à l'heure, mais tu l'as bien cherché. Comment as-tu osé faire cela à sa fille ? Comment as-tu pu la séduire ainsi et cela toute la nuit. Il t'avait pourtant dit de ne pas l'approcher. De plus, tu savais qu'on aurait ce voyage et tu n'as pensé qu'à toi et tes besoins bestiaux en ne dormant pas du tout. Et là tu oses dormir durant tes heures de travail.

»»»»

Tim ne comprenait rien mais il fait comme s'il se sentait coupable.

Il se lève et dit penaud en regardant au sol :

— Je sais, je suis désolé, mais je ne peux pas m'en empêcher, lorsque je vois une belle femme.

— Idiot ce n'est justement pas une femme, mais bien une enfant. Elle n'a que 16 ans. J'espère que tu comprends qu'avec ton geste tu as mis ta carrière sur la glace. Tu es tellement imprévisible; j'aurais dû savoir que ça tournerait mal.

— Mais qu'est-ce qui tournerait mal. Ce n'est que moi qui suis sur la sellette.

Elle ne le laisse pas continuer et le gifle le plus fort qu'elle le peut.

— Tu oses devant moi renier notre relation. Tu es un goujat et tu mérites ce qui t'arrive. Bon maintenant je sais que tu ne tenais pas à moi… (Elle le scrute de la tête au pied, d'un regard méprisant puis poursuit.) Enfin, le mal est fait et tu ne peux pas revenir en arrière et je ne veux surtout plus de toi. Une chance, je suis certaine que ça sera ton dernier voyage avec nous, dit la jeune hôtesse, avant de le laisser en plan pour aller faire son service du déjeuner.

Pendant un court instant, Tim ne sut plus ce qu'il devait faire. Il se rassoit et il scrute les passagers en espérant voir un indice. Il ne peut cependant pas faire son introspection en tenant compte du drame qu'il venait de provoquer.

« Bravo, Maître du jeu, mon premier essai a été tellement court que je n'ai pas pu réagir et celui-ci risque ne pas être beaucoup plus long. Ce jeu est presque impossible à réussir, car avec toutes ces contraintes qui surviennent, il faut avoir un coéquipier de notre bord et si par malheur cette demoiselle en détresse est la mienne, je ne suis pas mieux que mort. Et effectivement encore cette fois, je suis en mauvaise posture et je ne me rappelle rien de ce que j'ai fait de mal, comme d'habitude. On dirait que je suis votre souffre-douleur. Et pour couronner le tout, dans cet essai vous me donnez le rôle d'un serveur séducteur. Oh… là, là ! Que de joie en perspective. De plus, il semblerait que la fille que j'ai séduite soit celle de mon commandant. L'épreuve que vous me donner est quasi infranchissable, car même si je trouve la cause de la catastrophe, pensez-vous que celui-ci m'écoutera ? »

Ses pensées s'arrêtent, lorsque son regard se pose sur une femme d'âge mûr qui attire son attention. Et pour cause, celle-ci vient de se réveiller et surprise, elle semble, tout comme lui, ne pas savoir ce qu'elle fait là.

« Cette fois, la chance est peut-être de mon côté. Je dois vérifier toute de suite mon intuition » songe Tim en se levant.

Arrivé devant elle, il lui pose la seule question qui lui semble possible.

— Bonjour, je suis Tim votre agent de bord pour la durée du voyage. Désirez-vous quelque chose ?

— Oh ! Merci de vous en soucier, mais attentez un instant que je me réveille, car je ne le suis pas encore tout à fait, répond la femme en souriant. Hum… Peut-être en effet ai-je besoin d'une réponse, mais celle-ci je crois, vous semblera quelque peu bizarre.

»»»»

— Mais non voyons, je suis là pour cela aussi madame… Et croyez-moi, je ne suis pas en mesure de vous juger.

— Oh ! Excusez-moi... Je suis d'une impolitesse. J'ai oublié de me présenter à vous. Je suis madame Falida Debout, cependant il me ferait plaisir qu'un si gentil jeune homme me tutoie.

— Bien, je vais essayer, mais nous avons des règles à respecter et je ne m'habitue pas à tutoyer. Néanmoins pour vous, je vais tenter le coup. Maintenant, Falida, qu'elle est vo... ta question ? répond Tim.

— Ce vol dure depuis combien de temps ? Je crois que je suis trop vieille pour voyager, car depuis peu, mes souvenirs se font rares et là j'en suis même à ne pas me rappeler être montée à bord de ce vol.

»»»»

« Oui génial ! Je suis certain que c'est la mienne. Elle est tout autant perdue que moi. Mais à son âge, je ne sais vraiment pas comment elle pourrait m'aider et de plus elle est aussi amnésique que moi. Je dois être prudent, mais elle doit savoir que moi aussi je participe au jeu. Cependant tout d'abord je dois lui répondre, mais comment faire car moi non plus je ne sais pas. »

Soudainement, une idée jaillit et il prononce ces paroles très sages.

— Je dois tout d'abord aller vérifier pour ne pas vo... te dire n'importe quoi, mais en attendant, prendriez-vous... Oh non ! Excuse-moi. Prendras-tu un bon café bien chaud ?

— Certainement, jeune homme, avec plaisir.

Falida le regarde s'éloigner et elle ne peut s'empêcher de penser.

»»»»»»

« Mais… Pourquoi suis ici ? Et si comme je le pense, ce jeune homme est avec moi… Tout a changé et je ne sais même pas comment a fini le ou les autres essais. Tout un jeu que nous avons là et je n'ai pas le choix, je dois m'y faire. »

Ses pensées s'estompent car Tim revient vers elle, un café bouillant entre les mains.

Cette situation lui confirme que Tim n'est pas dans son environnement, car un vrai agent de bord aurait amené, sur un chariot, une cafetière pleine avec plusieurs tasses pour le proposer aux autres passagers.

Cette constatation la fait sourire et lorsqu'il revient vers elle, elle ne peut que le remercier.

— Merci de votre gentille attention. Je crois que j'en ai vraiment besoin, dit Falida en le regardant fixement.

»»»»

Cependant, tu es distrait Tim, car tu as oublié le sucre et le lait. J'aimerais avoir deux sucres et deux laits, s'il te plaît.

« Non mais, sombre idiot, tu vas arrêter de faire des gaffes. »

— Oh ! Désolé, je reviens tout de suite.

— Ce n'est vraiment…

Mais Tim n'entend pas la suite car il s'empresse de retourner à la cuisinette en se traitant de tous les noms possibles et imaginables. Il revient rapidement avec ces oublis, mais ceux-ci ont du bon car il doit se pencher vers elle et il peut ainsi lui chuchoter à l'oreille:

— Faites-moi seulement un signe de tête pour me dire si vous faites partie ou non de ce jeu.

»»»»

Celle-ci sans hésiter lui répond par un signe de tête affirmatif.

Satisfait, il se relève et dit en la regardant dans les yeux.

— De rien, madame Falida, je ne fais que mon devoir.

Par sa réponse, il voit dans les yeux de sa partenaire, de la détresse d'être ainsi dans l'inconnu, mais il ne peut rien faire pour l'instant. Il se sent observé depuis qu'il a ouvert les yeux et il a assez fait de bêtises pour le moment. Il ne doit pas la mettre en danger. Il trouvera un moyen de la faire participer à l'aventure, mais pour le moment, il n'a rien en tête.

« Lorsque je la connaîtrai mieux, je saurai trouver une tâche à cette dame. Mais avec ce que je sais, tout ce qu'elle fera pour la mission, la mettra en danger. Pour l'instant je ne peux que poursuivre un peu la discussion et

»»»»

je dois le faire avec des questions à double sens. Voyons comment je m'en sors. »

— Est-ce votre premier voyage, madame Falida ? Je vous pose cette question, car vous semblez nerveuse comme si c'était votre premier vol.

Sa partenaire s'apprête à répondre, mais elle n'a pas le temps, car l'hôtesse mécontente intervient.

— Ne vous laissez pas impressionner par ses beaux yeux madame... Ils séduisent et brisent des cœurs sans que vous vous en aperceviez, dit cette dernière en le poussant pour la laisser passer.

Mais Falida, qui est habituée à ce genre de commentaires, cela probablement en raison de son âge, réplique aussitôt.

»»»»

— C'est vrai, jeune femme, qu'ils sont beaux, mais je n'ai jamais été le moins du monde impressionnée par ce détail et… (Il y eut un instant de silence qui lui permit de tourner son regard vers le jeune homme.) Le temps c'est de l'argent et il m'est précieux, surtout en ce moment.

Falida avait répondu ainsi en voyant les poings serrés le long de son corps de son coéquipier et qui en entendant sa réponse émit un petit soupir de soulagement. Cela lui donna l'idée d'une nouvelle réplique, qui lui démontrerait, hors de tout doute, qu'elle était de son côté.

— Je suis toutefois de nature curieuse et j'aimerais savoir quelle est votre motivation de vous acharner ainsi. Pourtant, il semble être un gentleman. Peut-être avez-vous une raison personnelle de l'attaquer ainsi ?

»»»»

Êtes-vous l'une de ses conquêtes pour me donner ce genre d'avertissement mademoiselle? (Et Falida termine sa douche froide en regardant le nom sur son badge et en poursuivant), Mademoiselle Joëlle, je crois…

— Oh ! Que non ! Il n'a même pas la décence de se rappeler, répondit l'hôtesse, trop rapidement cependant pour que ça soit vrai.

Elle comprit son erreur et rajoute en s'éloignant:

— Il y a longtemps déjà que je suis immunisée contre ce genre de mec. Je ne faisais que vous avertir, mais faites comme bon vous semble…

Lorsque Joëlle fut assez loin pour ne pas entendre ses mots, Falida répond à son coéquipier en chuchotant.

— Oui, je crois que c'est mon baptême de l'air, mais je ne suis certaine de rien dans cette histoire. Est-ce mon premier, mon deuxième ou mon troisième ? Cela je ne le sais pas et ces détails inexpliqués m'obsèdent. Et toi, Tim, es-tu plus chanceux que moi ?

— Dans un certain sens oui et de l'autre non. Je sais ce que je dois faire, mais il m'arrive toutes sortes de mésaventures qui me ralentissent et les seules choses qui tournent dans ma tête sont les explications données au tout début. Maintenant je dois vous laisser avant qu'on découvre le pot aux roses.

Pour ne pas alerter qui que ce soit, Tim termine par une formule de politesse.

— Vous avez terminé votre café madame ? (En se penchant pour ramasser la tasse et il lui glisse à l'oreille:) Oui je suis autant déboussolé que vous et même je le suis beaucoup,

»»»»

car ce que je me souviens est tout à fait impossible à réussir, mais nous allons essayer de faire démentir ses prévisions. Pour l'instant, je suis mieux placé que vous pour espionner, donc restez ici et ne faites qu'observer tout ce qui bouge. Moi je vais aller aux renseignements et je dois tout d'abord savoir sur quel vol nous sommes. Si vous êtes d'accord, hochez la tête et je saurai que vous acceptez.

Sans attendre elle fait le signe demandé.

Il se relève, alors satisfait et lui répond.

— Bien, madame Falida, si vous avez besoin d'autres choses faites-nous le savoir, termine Tim, en se déplaçant vers l'arrière.

Lorsqu'il arrive près de la cuisinette, il entend une conversation entre deux voyageurs qui le met aussitôt en alerte.

— Quand allons-nous l'activer… J'ai hâte d'être libre.

— Ce n'est pas le moment. Lorsque nous serons au-dessus de l'Atlantique, pas avant. Tu sais que ça n'a pas été facile de faire…

Pour ne pas avoir l'air de les épier, Tim se manifeste.

— Messieurs puis-je vous aider ? Ou attendez-vous tous les deux pour les toilettes. Si c'est le cas, il y en a d'autres à l'arrière.

Aussitôt, les deux hommes se taisent, puis un des hommes répond rapidement en ne le laissant pas terminer.

— Non… non ce n'est pas ce que vous croyez. Je suis désolé de me présenter ainsi mais vous ne m'en laissez pas le choix. Si je ne le fais pas vous allez sûrement le signaler. Je le sais car votre regard en dit long sur ce que vous pensez de notre douteux duo. Alors voici l'explication qui j'espère restera secrète. Je suis le Marshall Prévost et lui c'est un prisonnier. Il est avec moi, continue ce dernier en me montrant les menottes cachées sous un long manteau. Et il le restera. Je ne dois pas le laisser seul même pour un court moment car il est très dangereux. Et de plus, ne lui donnez pas la chance de s'enfuir, car il la prendra sans penser aux conséquences. Et ça ne serait vraiment pas sa première évasion. Je le garde à l'œil même lorsqu'il va soulager sa vessie.

Tim, sans réfléchir, réplique:

— Mais… Monsieur vous êtes dans un avion. Comment voudriez-vous

»»»»

qu'il s'évade ? Est-ce que cet homme sait voler ?

— Oh ! Vous savez, il n'y a pas que par les airs, lorsqu'on est emprisonné pour le reste de notre vie, on trouve, croyez-moi de nouvelles solutions. Il aura tout le temps qu'il faut pour ça. Et avez-vous pensé qu'il a peut-être, un complice dans cet avion ? réplique le Marshall en regardant le prisonnier.

« C'est étrange, on aurait dit que le Marshall ne parle pas du prisonnier, mais bien de lui » songe Tim soucieux.

Cependant, pour ne pas alerter le policier, il termine la discussion avec cette phrase.

— Ouais, vous avez peut-être raison et pour ma part, je vous laisse à vos activités. Je crois que les passagers sont entre bonnes mains avec vous… Et si vous avez besoin d'aide, je suis à votre disposition.

»»»»

« Hum… Je ne crois aucunement cet homme, surtout avec ce que j'ai entendu. Mais je ne peux rien faire pour l'instant. Je dois en savoir un peu plus sur ce Marshall et je sais comment faire. Nous avons la liste des passagers et s'il est bien celui qu'il dit, le Commandant est sûrement au courant. Toutefois il est peu probable qu'il m'ait dit la vérité. Je crois que je viens de découvrir une partie du puzzle. Mais que mijotent-ils et sont-ils seuls ? Maintenant, comme a si bien demandé ma partenaire, je dois vraiment savoir sur quel vol nous sommes et combien il me reste de temps pour découvrir le pot aux roses? Il est évident que quoi qu'il se passe, ceci arrivera avant l'atterrissage… (Une image en tête lui vient qui lui semble tout à fait plausible) ou alors… J'espère que ça ne se fera pas sur la piste d'atterrissage… »

»»»»

En se retournant, pour les regarder, il constate que les deux suspects viennent de regagner leurs sièges, signe que le drame du jeu ne sera pas pour tout de suite. Et en voyant où ils s'installent, il sourit.

« Bingo ! Ils sont tout à côté de Falida. »

En reprenant sa route vers le poste de service, Tim tombe face à face avec Joëlle, l'hôtesse frustrée. Et elle ne semble pas avoir retrouvé sa bonne humeur.

— Hey ! Attention, regarde ce que tu fais. Je ne suis pas invisible.

Cette réplique cinglante lui donne une idée pour se faire pardonner de ce qu'il ne se souvient même pas, mais qui sans l'ombre d'un doute a blessé la jeune femme.

»»»»

— Oh ! Pardonne-moi Joëlle, je n’avais pas vu que tu étais aussi près. Je suis vraiment d’une maladresse aujourd’hui. Je n’ai vraiment pas fait exprès. Je ne veux surtout pas te faire de mal. Tu es vraiment importante à mes yeux.

Cette excuse qui semble à double sens donne un petit résultat et la jeune femme lui répond en affichant un léger sourire.

— Hum… dit-elle en le regardant. Je ne sais pas si je dois te croire, mais au moins tu sembles te repentir. Ouais… Ok, tu auras assez de problèmes sans que pour l’instant j’ajoute les miens et je peux bien t’endurer pour cette fois, car ensuite, tu ne seras plus dans mes pattes. Et pourquoi au juste reviens-tu ici ? Pourtant le service est terminé.

»»»»

Il ne sait s'il peut lui faire confiance, mais il n'a pas le choix.

— Hum… Tu sais les deux passagers qui sont près de la vieille dame et bien j'ai entendu un bout de leur conversation tout à l'heure. Et je dois dire que ces individus ne semblent pas clairs du tout. L'explication de l'un d'eux ne me satisfait guère et je veux savoir s'il m'a dit la vérité. C'est pourquoi je dois voir la liste des passagers et leurs réservations de siège. Pour tout te dire, j'ai un plan et il n'y a personne d'autre à qui je voudrais poser cette question. Je ne me souviens vraiment plus du vol dans lequel nous sommes et où nous allons atterrir.

Joëlle ne le laisse pas terminer et réplique.

— Ah ! Ah ! Ça ne marche plus avec moi tes pertes de mémoire. Tu

»»»»

sais très bien que nous sommes sur l'appareil le plus sûr du monde entier, le Douglas DC-10 avec le meilleur pilote et copilote, mais nous n'allons pas atterrir mais amerrir… C'est une première fois pour cet engin et n'oublie pas que je sais ce que tu as fait pour arriver à être des nôtres. Mais tu as tout détruit avec ta dernière escapade. Tu vois, dit-elle en regardant sa montre, dans quatre heures maintenant, tu disparaîtras de ma vie et je m'en porterai mieux. Alors laisse-moi passer, j'ai fini avec toi.

Content d'avoir eu une réponse aussi rapide, il la laisse passer sans dire un mot. Une pensée lui vient alors.

« Oh ! Alors c'est en mer que ça se passera. Il faut que je prévienne Falida, mais avant je dois vérifier si je dois continuer à soupçonner ces deux hommes. »

En entrant, dans la pièce, il prend la fiche de tous les passagers avec leurs sièges et la dernière page, qui indique les passagers spéciaux…

« Rien sur cette page donc, il m'a menti. Bon j'ai de quoi dire à ma partenaire et le plus tôt sera le mieux. Elle doit être au courant et cela tout de suite » cogite-t-il en se dirigeant vers elle.

Arrivé près d'elle, il lui dit:

— Oui madame… Que puis-je faire pour vous ?

Falida, comprenant tout de suite le message répond.

— Jeune homme pourriez-vous réchauffer mon café. J'ai une soif subite et cette fois n'oubliez pas le lait et mon sucre.

»»»»

— Bien sûr, dit-il, je vous amène cela à l'instant.

Et quelques instants plus tard, en revenant, il se penche et lui chuchote à l'oreille.

— Les deux passagers, ceux assis juste devant vous, sont des suspects très probables. Ils se font passer pour Marshall et prisonnier et ce n'est pas vrai, j'ai vérifié. Et nous sommes dans un avion qui ne va pas atterrir, mais amerrir. Gardez-les à l'œil !

— Oh ! Merde… Ok, je les surveille.

Par la suite il se relève et termine ainsi.

— Voilà votre lait et sucre madame. Avez-vous besoin d'autres choses ?

— Non merci, réplique Falida.

»»»»

En lui souriant, il reprend sa ronde en passant près des deux suspects.

Ce qui arrive ensuite, se produit très rapidement. L'homme menotté se lève et prend le pistolet de l'autre en disant, sous les yeux ahuris de Tim.

— Assez jouer maintenant Marshall. Enlève-moi ces menottes de malheur.

Falida très rapide pour son âge se lève pour intervenir. Mais son geste attire l'attention du prisonnier qui l'arrête en sortant une nouvelle arme de nulle part et la braque sur elle.

« Mais d'où arrive-t-elle ? » songe Tim qui ne peut rien faire pour l'instant.

Puis le bandit la regardant lui dit:

— Restez où vous êtes madame, sinon, je lui fais sauter la cervelle. Vous là, hurle le désaxé, le steward…

»»»»

Oui vous, qui met son nez où il ne faut pas. Venez ici…

Tim hésite et le pseudo prisonnier s'impatiente rapidement.

— Allez, je n'ai pas que cela à faire. J'ai d'autres chats à fouetter. Allez, dit-il, ou vous voulez être le premier.

Cette menace remet les idées de Tim en place. Celui-ci a même l'audace de narguer le prisonnier.

— Non je ne serai pas votre souffre-douleur, ni votre victime. (Et se tournant vers les passagers, il poursuit) N'ayez pas peur, il ne vous arrivera rien, car cet homme qu'il dit avoir piégé est en fin de compte son complice. Je le sais, car je les ai entendu conspirer.

— Ah ! Vous croyez…

»»»»

Sans management il repousse le Marshall et quelques instants plus tard, il lui tire une balle en pleine tête. Le sang de la victime éclabousse les sièges et quelques personnes près de celle-ci. Et Tim ahuri par le geste, en fait partie. De grands cris de panique se propagent aussitôt dans l'avion. Sur le coup de l'adrénaline, Tim se jette par terre, comme s'il pensait que la prochaine balle était pour lui.

Le malfrat, tout en riant à gorge déployée, attrape Tim par les cheveux et le somme de se lever en prononçant ces paroles délirantes.

— Ah ! Ah !... Allez debout, le pantin, vous savez maintenant ce dont je suis capable et je tiens à vous remercier. Ce dernier commençait royalement à m'agacer. Ah oui ! Je dois dire que vous êtes perspicace... Cet homme, poursuit-il en le désignant, était bien mon complice, mais comme vous voyez, il n'était pas indispensable.

Et lorsque Tim se relève, l'homme l'agrippe par les cheveux et lui remonte la tête en le regardant dans les yeux, toujours en riant lui dit :

— Vous ferez mieux l'affaire. Et croix de bois, croix de fer, je vous jure que si vous m'écoutez, sans essayer quoi que ce soit pour m'arrêter, il n'arrivera rien aux autres passagers. Hum… Mais je ne promets rien pour vous…

Tim l'écoute sans émettre aucun commentaire et de toute façon, il pressentait que la fin était proche.

Le mercenaire prit son silence pour un oui.

— Bien, vous avez compris que je suis sérieux et que je n'ai rien à perdre,

»»»»

sauf ma vie. Allez, avancez ! Nous allons faire un petit tour.

Falida intervient à ce moment là.

— N'y allez pas. C'est un piège.

Avant que Tim ait le temps de réagir, le bandit attrape une nouvelle fois son autre revolver et tire sur la vieille dame sans la moindre hésitation.

Ensuite tout ce passe très rapidement. Une valise qu'il n'avait pas vu l'empêche d'atteindre son amie et sans penser aux conséquences, il donne un énorme coup de coude sur la tempe du meurtrier, ce qui le fait chanceler.

Par chance Tim est très grand, il prend la valise et la jette le plus loin possible de lui et en quelques enjambées, il se penche sur le corps frémissant de sa partenaire.

»»»»

Le tueur lance alors les phrases qui sèment le chaos dans l'habitacle.

— Non !... Idiot, vous venez de bousiller ma fuite. Sur ce coup, j'étais avec vous. Mais là vous venez de tous nous tuer.

Puis comme s'il était devenu fou, il se couche par terre et commence à tirer partout.

Les derniers mots que Tim entend durant les coups de feu et avant l'explosion sont ceux-ci:

— Maudit impur…

»»»»»»»

»»»»

Chapitre 14

« Tu as intérêt à réfléchir vite, car si j'en juge d'après ses yeux, tu brûlerais vif en enfer » songe Camilo. « Pense vite là, Camilo. »

— Un petit dommage collatéral… Quoi ! Je ne suis qu'un humain. Je ne suis pas parfait.

Ce n'est sûrement pas l'explication qui la calme, même que cela décuple sa fureur.

— Un quoi !!! hurle Maria.

Le Commandant prend la parole.

— Holà Mademoiselle ! Ne vous énervez pas ainsi. Vous êtes rouge de colère. Ce n'est qu'un toutou brisé après tout. Laissez-moi arranger cela. (Voyant qu'elle se calme un peu, il se tourne vers Camilo et il poursuit:) Je vous avais pourtant averti. Je vais devoir agir cette fois et ça risque de vous faire mal. Toutefois pour l'instant, je viens de remettre le pilote automatique. Pour le moment, je vous somme d'aller réparer le tort que vous avez fait à cet enfant et soyez imaginatif. Vous allez devoir trouver un moyen de lui rendre son sourire et par la suite, retour ici avec moi et cette fois, avec une bonne nouvelle sans cela… (Il se tait et le regarde puis termine ainsi :) Maintenant allez-y ! Je ne veux plus vous voir.

Penaud, la tête basse, Camilo sort de la cabine avec Maria à sa suite qui ne cesse de l'insulter, mais il ne l'écoute pas, car il doit trouver un moyen de réparer sa gaffe. Cette fois pourtant, il croyait avoir réussi.

»»»»

« Pourtant je viens de subir un retentissant échec. »

Arrivé près de l'enfant, qui évidemment pleurait toujours blottie contre sa mère. La petite lorsqu'elle le voit, le regarde avec ses petits yeux plein de larmes. Et il ne put que dire :

— Petite, je suis désolé, je croyais bien faire et tous nous sauver, mais je n'ai fait que te faire de la peine. Malheureusement, je me suis trompé de cible. Veux-tu me pardonner ? Je t'en achèterai un autre qui lui ressemble, je te le promets, mais seulement à notre arrivée.

L'enfant hoquetant, se rapproche de lui et de sa petite main, le gifle.

Camilo recule sous l'effet de la surprise en se frottant la joue.

L'enfant prononce enfin ces premiers mots.

»»»»

— Monsieur… Snif, snif… Ce toutou ne vous avait rien fait et vous l'avez jeté dans le bol de toilette. C'était mon préféré et il est fichu maintenant. Vous n'en trouverai pas un identique, car il était pour moi unique et je ne veux rien de vous, termine-elle en se retournant pour aller reprendre sa place dans les bras de sa mère.

— Quel effet ça fait monsieur, de recevoir une gifle d'un enfant ? La honte, j'espère, dit la femme, en les regardant tour à tour.

Puis une seconde plus tard, Camilo se retourne en entendant une voix derrière lui.

— Monsieur, le commandant à fait appel à nous. Veuillez nous suivre s'il vous plaît, sans faire de vagues.

« Mais qui a-t-il encore ? Je ne peux pas, une nouvelle fois, me retrouver

»»»»

piégé et cela par ma faute. Peut-être a-t-il déjà découvert mon imposture ? Non… Non ! Comment l'aura-t-il su ? C'est, j'en suis certain, une simple coïncidence. Il est normal que les essais soient plus difficiles d'une fois à l'autre, mais je trouve injuste d'être encore dans l'eau chaude. On dirait que le jeu n'en a qu'après moi. Si c'est comme ça, au moins il devrait effacer nos échecs, mais je pense que ça les amusent beaucoup trop pour qu'ils s'en privent. J'espère au moins que c'est une ruse de cette Maria et que je ne sois pas rendu à mon troisième. Bon ! Assez de jérémiades, si c'est mon dernier, je dois me concentrer et essayer de m'en sortir et de réussir cette mission » songe Camilo, en relevant la tête.

D'un ton respectueux, il répond au deux hommes.

»»»»

— Messieurs qui êtes-vous et que me voulez-vous ?

— Nous sommes les Marshals de l'air et comme je vous l'ai mentionné tout à l'heure, nous avons été demandé en renfort par le commandant en chef, Iann. Nous vous avons trouvé un endroit tranquille et calme où vous ne risquerez pas de créer une nouvelle catastrophe avec vos lubies et cela jusqu'à notre atterrissage. (Puis, se tournant vers la jeune mère il poursuit.) Dès que j'aurai installé ce monsieur, je reviens vous apporter du fil et une aiguille, comme cela vous serez en mesure au moins d'essayer de réparer ce toutou et voir si lorsqu'il sera sec, il redeviendra au goût de cette jeune personne. Si c'est une réussite, cela évitera une nouvelle crise de larmes et le calme tant apprécié des passagers sera revenu. N'est-ce pas

»»»»

fillette que j'ai raison ? termine-t-il en la regardant.

La fillette baisse la tête pour cacher ses yeux pleins de larmes avant de lui répondre.

— Oui, dit-elle de sa petite voix claire qui laisse toutefois échapper un sanglot.

La mère toutefois n'est pas des plus coopératives, elle réplique plutôt.

— Vous ! Mêlez-vous de vos affaires. Cette jeune fille est trop gâtée. Il est temps que je reprenne le contrôle et le bris de ce toutou est ma première étape vers sa guérison, alors je n'ai pas besoin de vous et encore moins de cet idiot. De plus, dites-moi où vous avez vu que les passagers doivent garder le silence.

« Ouf ! Cette femme a du caractère.»

»»»»

Le Marshall ne se laisse toutefois pas impressionner et réplique:

— Non, en effet il ni a aucune loi qui l'interdisse, mais il me semble que votre jugement est sévère. Nous sommes ici pour essayer de trouver une solution qui satisfera tout le monde. Dans tous les vols, il y a des personnages comme lui qui dérangent et nous sommes là pour les éloigner. C'est notre job et je le fais bien. Alors, madame, je me permets toutefois d'insister pour le fil et l'aiguille. Cependant vous en ferez ce que vous voulez. (Puis avant qu'elle ne réponde il se tourne vers son acolyte et poursuit.) Bien nous vous laissons maintenant, termine le Marshall en prenant le bras de Camilo.

Les trois hommes quittent la scène rapidement avant d'avoir une autre

»»»»

réplique cinglante de la mère, qui ne tarderait pas à arriver.

Maria qui n'est pas intervenue une seule fois, est satisfaite du résultat, mais un doute persiste.

« Il l'a bien cherché ce con. Hum… C'est mon coéquipier après tout, il va falloir que je lui sauve encore la peau.»

Puis soudain son attention revient sur la mère et l'enfant. Quelque chose dans l'attitude de la femme la chicote. Elle prend alors le siège, près d'eux et écoute.

« Je dois dire que même si je ne suis pas toujours d'accord avec mon partenaire, je dois avouer que ce duo a quelque chose de bizarre. Cependant, le plus urgent est de trouver le moyen de le sortir de là et ça ne sera pas de la tarte.»

»»»»

***

Arrivé à l'endroit mentionné de repos, un des deux Marshall demande à rester seul avec Camilo. L'autre comme s'il comprenait, sans dire un mot, sort de la pièce.

Aussitôt seul l'homme, probablement celui qui commande, annonce ses couleurs.

— J'espère que vous êtes bien celui qui m'aidera car sinon, vous allez me prendre pour un fou. Cependant, je ne peux attendre plus longtemps pour vous révéler ma véritable identité, mais avant, je dois vous poser cette question. Êtes-vous, tout comme moi, un participant à ce jeu des plus périlleux qui nous met dans une situation tout à fait hors de contrôle ?

»»»»

En entendant ces paroles, Camilo ouvre les yeux de surprise.

— Oh ! Mais je pensais que… (Il se tait, car il sent que ce n'est pas ce qu'il doit répondre, il poursuit donc:) Oui bien sûr que je le suis… Et pourquoi avoir été aussi long avant de vous faire connaître ? Puis-je au moins savoir votre nom ?

— Certainement, je suis le Marshall Basem, mais ici on m'appelle le révérend.

« Mon dieu, pourquoi ce surnom et comment je suis devenu un Marshall, ce jeu veut nous rendre fou, avec ses sauts d'un essai à l'autre en nous laissant que des bribes de mémoire et en ne nous laissant aucun indice. Au moins, on me permet cette fois de m'exprimer pour me faire comprendre. » cogite-t-il.

»»»»

Sa pensée est arrêtée par la réponse de Camilo.

— Désolé si je vous semble surpris, car avec le peu d'informations que nous avons sur ce jeu, je m'étais fait à l'idée que mes essais seraient tous avec le même partenaire et il est évident maintenant que ce n'est pas le cas.

— Vous avez dit vos essais, alors vous n'êtes pas au premier. J'aimerais savoir ce qui s'est passé dans les autres.

Un instant, Camilo hésite.

« Si ça peut nous aider à réussir cette fois, je dois lui faire confiance. »

— Mon essai s'est terminé en queue de poisson avec un amerrissage qui a mal tourné et voilà, que dans celui-ci, je suis copilote, avec une banque d'heures de vol nulle et de plus enfermé avec vous... À part ça tout va bien.

— Ne vous en faites pas pour ça, moi j'ai quelques notions et de toute façon… (Il ne termine pas sa phrase et reprend.) De toute façon, ce n'est pas le plus important. Il faut découvrir ce qu'ils mijotent, ce Maître et Concepteur du jeu et vous ne pouvez pas le faire, car j'ai promis que vous resteriez tranquille. Je reviens dès que possible.

— Non… Non, je n'ai pas terminé, je me rappelle. Si ça se passe comme la dernière fois, nous ne tarderons pas à avoir l'heure juste et ils trouveront le moyen de me droguer et je tomberai raide mort par terre. Et dans l'autre essai, il y avait une bombe dans l'ourson…

« Hey… Pourquoi je me souviens de ça moi ? Une bombe dans un

»»»»

ourson et là l'empoisonnement. Je n'ai jamais vécu ça… ou peut-être que si…»

— Oh ! Alors je les surveillerai de près. Je resterai vigilant. Et je laisse le garde devant la porte. On ne pourra pas vous approcher, donc pas de poison. Nous allons réussir cette fois faites-moi confiance.

Soudain on frappe à la porte et une hôtesse tout sourire entre dans la pièce.

— Voilà du café pour vous deux. Il semble bien que vous en avez grand besoin.

— Oh ! Merci, je le prendrai dès que je sors d'ici.

— À la bonne heure, répond-elle en sortant accompagnée du Marshall.

Lorsque Camilo se retrouve enfin seul, en prenant une gorgée de café, il eut cette pensée.

»»»»

« Pourquoi ne lui ai-je pas parlé de Maria ? Il y a quelque chose qui ne tourne pas rond dans son histoire. Et si tout est vrai alors ils nous ont menti, car peut-être que les équipes peuvent être plus de deux… »

***

◀ — Et bien, Maître, ça se complique. Je vous l'ai pourtant dit et redit, personne ne peut nous battre cette fois. Je suis un génie.

◀ — Ne les sous-estimés pas, Concepteur… Ils n'abandonneront pas facilement, si j'en juge par ce que je viens de voir.

»»»»

Chapitre 15

L'hôtesse entre dans le cockpit et tend un thé bien chaud au pilote et lui dit…

— Vous êtes, cher monsieur, encore pour un bon bout sur pilote automatique, alors détendez-vous avec ce bon breuvage chaud fait de ma main.

— Merci, chérie, tu es la meilleure. N'est-ce pas…? Ah oui… Je suis seul ici. Je n'aurais pas pu choisir meilleure femme que toi, aussi attentionnée et délicate. Tu es parfaite…

— Hey ! Assez de flatteries pour aujourd'hui. Je suis en retard, réplique-t-elle en se tournant pour qu'il ne voit pas son visage sombre. À plus tard…

— Viens me voir aussi souvent que tu le veux, mon amour. Ton beau visage me séduit à chaque fois…

Ce sont les derrières paroles que prononce le pilote. Quelques instants plus tard, il s'endort à jamais et tombe sur le volant de l'appareil. Pour ne pas qu'il déstabilise l'avion, l'hôtesse assassine adosse le pilote sur son siège.

— Je ne pensais pas que le poison allait agir aussi rapidement, dit-elle en se penchant pour chuchoter à l'oreille de son amoureux. Pardonne-moi, my love ! C'était ma vie ou la tienne. Je n'avais pas le choix. Et tu as toujours été si prévisible. Je savais que tu mettrais le pilote automatique dès que tu serais dans la bonne direction.

»»»»

***

En sortant, l'hôtesse se dirige immédiatement vers une rangée précise et une fois rendue, elle se penche en essayant de ne pas alerter les passagers, mais son geste rapide attire le regard d'un curieux. Par la suite, sans se rendre compte de l'intérêt de son geste, elle chuchote à l'oreille de ce dernier.

— C'est fait, j'ai accompli ma première tâche et comme je l'avais prévue l'avion est stable. Le pilote et le copilote nous ont quittés sans problème. Est-ce que je débute la seconde phase de notre distribution maintenant ?

La femme se relève pour entendre la réponse qui vient, dès qu'elle est certaine d'avoir l'attention de celui qui observe sa collègue.

»»»»

— Mademoiselle Rosie, est-ce que nous sommes bientôt arrivés ?

— Dans une quinzaine de minutes, monsieur, fait-elle immédiatement pour réponse.

— Alors je n'ai besoin de rien. Allez servir les autres, réplique l'homme en regardant le curieux.

— Bien monsieur répond-elle en jetant un coup d'œil à celui qui avait capté l'attention de l'homme.

Par ses paroles et son geste Rosie comprend qu'elle vient d'avoir le feu vert et que le dernier servi sera cet homme devant.

Tout se passe sans la moindre alerte et avant qu'on ne devine qu'on élimine tout le monde, Rosie est devant celui qui sera le dernier en liste, un certain Iann. Car pour lui le plan n'est pas le même.

»»»»

— Voulez-vous un bon café ou un thé, monsieur avant notre atterrissage?

Sans se douter de rien, Iann, qui observait tous les passagers présents pour trouver son partenaire, répond :

— Certainement, je prendrais bien un café.

— Voilà… Je me demandais si vos pensionnaires avaient soif eux aussi. Ils ont des besoins ces petites bêtes-là, dit-elle en regardant les deux cages placées sur les bancs de chaque côté de lui.

— Certainement que vous avez raison. Allez-y jeune dame.

Quelques instants plus tard, tous les passagers s'endorment tout doucement pour ne plus se réveiller, même les chiens, sauf un…

»»»»

***

Iann se réveille dans une voiture en marche. Il ne comprend pas, car il devrait être dans un avion. En tout cas, il s'y trouvait, il y a de cela quelques instants. Il regarde autour pour voir où il se trouve.

— Enfin réveillé Commandant, dit l'homme au volant. Vous deviez être bien fatigué, car vous êtes entré dans un profond sommeil aussitôt assis dans mon taxi. Nous arrivons dans quelques instants à l'aéroport. Un nouveau vol vous attend. Et cette fois, pour combien de jours serez-vous parti ?

Pour ne pas avoir l'air idiot de ne pas comprendre, il prononce les seules paroles qui lui viennent en tête.

— Mais pourquoi me demandez-vous cela ? Ce ne sont pas vos affaires.

»»»»

— Voyons ! Commandant, je vous demande cette même question depuis des années, et je suis là à vous attendre à chacun de vos retours.

— Oh ! Excusez-moi! Je ne suis pas dans mon assiette aujourd'hui. Je ne sais pas. Je communiquerai avec vous lorsque je le saurai. Merci pour votre sollicitude monsieur…

Il n'a pu dire son nom, car il ne le connaissait pas.

Le reste du voyage se fait en silence, car Iann avait besoin de réfléchir.

« Pourquoi me faire croire que je suis dans le même essai. Tantôt, je suis pilote et l'instant d'après je suis un passager avec à mes côtés mes chiens supposés. Et puis, coup de théâtre, je m'éveille ici avec un chauffeur qui me dit être à mon service depuis des années. Pourquoi alors je ne me

»»»»»»

souviens plus de son nom ou du moins son prénom. Je ne suis pas stupide et je vois bien que je suis dans un autre essai totalement différent de celui que je viens de quitter. Dommage, j'aurais bien aimé savoir comment ces pauvres bêtes auraient pu m'aider dans ce jeu. Mais c'est bizarre, je me souviens de tout jusqu'à ce que cette hôtesse me serve le café… Ouais je viens de comprendre qu'on m'a drogué pour m'amener ici. Enfin j'espère que c'est comme cela qu'il fonctionne. Mais il y a des choses qui ne s'expliquent pas et cela me fait peur. Enfin je ne peux rien faire et je ne dois pas les alerter en montrant que je ne les crois qu'à moitié. Il faut que je me concentre sur ma réussite. J'espère au moins que ce nouveau défi sera un peu plus long que mon dernier » songe Iann.

»»»»

Arrivé à la porte de l'aéroport, il prend ses bagages dans le coffre et dit au chauffeur qui avait baissé sa vitre.

— Merci, on se revoit bientôt.

Le chauffeur fit son petit signe de tête et il se remit en route, sans regarder en arrière comme s'il avait accompli sa tâche. Puis il appuie sur un bouton et une voix féminine se fait entendre.

— Bonjour monsieur, à qui voulez-vous envoyer un texto ?

— Sabot

— Bien veuillez dicter votre message:

— Premier homme à l'embarquement. Il n'est reste plus que cinq… Incluant la Commère… «Envoyer».

***

»»»»

◄ — Oh ! Mais c'est génial. Vous êtes génial. Pour cet essai, ils seront tous ensembles, des bons et des méchants et plusieurs semblent croire encore qu'ils ne doivent se fier qu'à un seul coéquipier. Je suis un génie et j'ai hâte de voir la suite.

◄ — Et je vous assure que vous n'avez rien vu. Dans ce dernier essaie, j'ai inclu des anciens et les nouveaux participants dans un mélange de bons et de méchants. Dans celui-ci, croyez-moi ils ne verront rien venir et si par malchance il y en a un qui allume plus que les autres il n'aura pas le temps d'intervenir, réplique le Maître du jeu.

***

»»»»

Iann, arrive à l'intérieur de l'aéroport et il ne sait toujours pas par où se diriger.

« Que faire maintenant ? Je peux difficilement demander de l'aide sans avoir l'air d'avoir perdu la raison car comme le chauffeur me l'a dit, je suis un habitué de la place. Je vais devoir me fier à mon instinct car le Concepteur a dû me programmer pour me diriger inconsciemment. Cependant, pour l'instant son programme ne marche pas bien car je n'ai aucun ressenti… » cogite-t-il.

Une légère panique commence à monter en lui, et comme par miracle, une jeune femme l'interpelle.

— Commandant ! Commandant Iann, attendez-moi. Je dois vous parler.

Il arrête et se tourne vers la voix qui est maintenant à ses côtés.

»»»»

— Certainement madame, que puis-je pour vous ?

— Voyons Iann! Tu n'as pas à faire semblant. Nous sommes ici tous les deux et bien seuls. Et pourquoi au juste arrives-tu à la dernière minute ? Pourtant tu es tellement ponctuel d'habitude et même tu voulais tellement arriver en avance que tu es parti bien avant moi. Et lorsque j'arrive, on m'apprend que tu es assigné à une nouvelle destination. Pourtant ce n'est vraiment pas... Eh Toi! Tu me fais une de ces têtes, je ne comprends rien. Je vois qu'on ne t'a pas avisé encore. Bon je te fais un bref résumé de ce que je sais. Un riche homme d'affaires avec à son bord un groupe d'investisseurs a nolisé un avion et il veut que tu en sois le pilote. Je ne savais pas que tu avais dans tes relations des hommes aussi influents.

»»»»

— Je ne suis pas certain de le savoir non plus. (Puis il se ravise et tente une phrase plus plausible.) Mais très chère, je ne peux le faire car je ne suis pas habitué de piloter des avions privés ? Quel genre d'avion est-ce ?

— Oh que si ! Tu es habitué car ce que tu vas piloter est un DC-3 et il est déjà prêt à s'envoler avec à son bord pleins d'investisseurs et de journalistes du monde entier. Pour toi ce sera un vol normal, mais probablement que tu seras payé grassement. Le nom du type n'a pas d'importance. Ce qui en a, par contre, est qu'il te veut toi et toi seul. C'est une grosse… grosse somme qu'il dépense et nos supérieurs ne veulent sûrement pas le perdre comme client. Alors tu n'as pas le choix d'accepter.

— Ok, comme tu viens de me le dire, je n'ai pas le choix, alors amène-moi à cet avion, car je suis tellement abasourdi par ce changement que mon sens de l'orientation est totalement inexistant. Et, au juste, je dois partir à quelle heure ?

— Petit comique va... Tu ne changeras pas. Toujours en train de nous faire croire que tu ne sais pas ce que tu fais. Bien, je vais faire semblant de te croire. Tous les passagers sont déjà à bord, ils n'attendent que toi. Toutes les vérifications d'usages ont été faites Dès que tu es prêt, tu décolles. La piste #13 est déjà libre pour toi. Elle n'est pas bien longue, mais tu as assez d'expérience pour ne pas avoir de problème au décollage.

— Bien et je vais où ?

— Viens... Voilà ton copilote qui arrive. Il t'expliquera tout ça à l'intérieur. Monsieur ! dit-elle à un conducteur de petite voiturette, amenez le commandant et son second

»»»»

à l'embarcadère numéro 13, poursuit-elle en mettant la valise de Iann à l'arrière. Je dois y aller. À bientôt.

Elle s'éloigne aussitôt, sans avoir au passage effleurer les lèvres de Iann, qui comme un automate s'assoit dans la voiturette aux côtés des deux autres. Le chauffeur se dirige comme demandé vers la porte numéro 13, sans dire le moindre mot, pas même un bonjour.

»»»»

»»»»

Chapitre 16

Iann est parfaitement bien installé aux commandes du DC-3 nolisé. Par un stratège et beaucoup de questions posées à son second, celui-ci, tanné mais aussi, devant respect à son supérieur, avait fini par lui donner la destination.

Depuis cet aveu, Iann reste silencieux, car en son for intérieur, il songe et analyse la nouvelle situation dans laquelle il se trouve.

« Mexico… nous allons à Mexico, mais pourquoi ? Et je dois y aller en quatrième vitesse. Je ne sais même pas si je sais conduire cet engin, mais on dirait que je connais les choses principales que je dois faire. Mais est-ce réel que je me sente d'attaque ou est-ce une astuce du jeu ? Triple idiot, tu viens de te rendre compte que tu es un des participants et qu'on s'amuse à tes dépens. On veut te faire croire que tu peux tout faire. Et bien vous allez voir que j'en suis capable » pense-t-il en roulant sur la piste.

Tout de suite après cette introspection, bizarrement, l'homme à ses côtés émet un commentaire.

— Commandant ! Je sais que vous n'aimez pas vous faire déranger pendant que vous décollez, mais une chose me turlupine un peu et je sais que prendre des risques n'est pas dans votre définition de tâches et…

Iann le coupe aussitôt, car il n'a pas envie d'une longue explication.

»»»»

— Jeune homme dites-moi ce qui vous inquiète ou taisez-vous… J'ai besoin de me concentrer.

— Comme vous voulez, je me demande pourquoi vous avez accepté ce vol en sachant que le carburant de cet avion était limité…

Surpris, Iann l'interrompt encore.

— Mais que me dites-vous là ?

— Oh ! Vous ne le saviez pas… Eh bien ! Il y a assez de carburant pour ce rendre à destination, mais si vous faites une manœuvre imprévue, dû à la température ou autre, il risque d'en manquer…

Furieux de s'être fait encore avoir Iann hurle.

— Quoi ? Et vous me dites cela maintenant que nous avons décollé ?

»»»»

— Mais !!! Je n'ai pas à vous dire ce que vous devez faire… C'est vous le Commandant de bord, et justement c'est parque je vous fais confiance que je suis ici avec vous. Je ne suis pas aussi sans peur que vous malheureusement, mais aucun autre ne vous aurait suivi et vous ne pouviez faire ce voyage seul donc…

Iann voyant sa bévue, s'excuse à sa manière.

— Mon Dieu ! Merci de me faire confiance et je vais essayer de la mériter, mais là… (Il arrête sa phrase, car il ne veut pas l'effrayer plus qu'il ne l'est déjà.) Je stabilise l'avion et je branche sur notre pilote automatique. Ensuite, vous resterez pour vous assurer que tout va bien et moi je vais aller un peu derrière pour réfléchir.

— Bien Commandant…

»»»»

Chapitre 17

Après avoir atteint l'altitude de croisière, Iann sort de la cabine pour reprendre un peu de son self-control.

Depuis plus de dix minutes, il fait les cents pas dans une allée déserte. Et soudain une idée commence à germer. Presque aussitôt, il pend le micro dont se servent les hôtesses pour parler aux passagers et il dit.

— Bienvenue à bord du vol 283 DC-3 à destination de Mexico. Aucune escale n'est prévue pour ce vol. Nous avons maintenant atteint notre vitesse de croisière et vous pouvez détacher vos ceintures. Nous arriverons à destination vers 21 heures (heure locale). Pour les prochains jours, le temps à destination sera idéal, ni trop froid, ni trop chaud. Je vous souhaite un bon voyage à bord du vol 283 et si vous avez des questions, ne vous gênez pas de les poser à nos charmantes hôtesses, elles se feront un plaisir de vous répondre. Ah oui, j'oubliais... On m'a dit qu'un passager ne se sentait pas en confiance et j'ai quelques minutes devant moi. S'il se fait connaître, je pourrai discuter et voir si je peux le rassurer.

« J'espère que mon coéquipier aura compris le message, dans ce discours improvisé, certains passages ont été border line, ce qui j'espère ne me fera pas ombrage. Mais je crains de n'avoir pas beaucoup de temps pour pratiquer mon bon langage. »

***

»»»»

Camilo, Volgan, Basem, l'hôtesse Falida et Raphaëlle se réveillent sous le doux son de l'annonce du pilote. Tous ensembles, ils eurent la même pensée.

« Au moins cette fois-ci nous n'auront pas à chercher notre coéquipier. »

Toute contente Raphaëlle se lève pour se faire connaître.

Mais avant de faire un pas dans l'allée, elle sent un métal froid dans le bas de son dos et une main ferme sur son épaule droite. Une voix qu'elle reconnaîtrait entre mille lui chuchote à l'oreille.

— Allons… Allons Commère, tu ne veux pas nous trahir… Allez retourne tout de suite te rassoir sinon…

Raphaëlle ne peux qu'écouter, mais avant, elle se retourne et bizarrement

»»»»

elle est seule dans l'allée. Puis se sentant observée, elle reprend sa place. Elle ferme les yeux, pour ne pas montrer son désarroi. Peu à peu la colère en elle reprend sa place et une pensée survient.

« Merde… Je croyais m'être sortie de mon cachot cette fois, mais je suis encore prisonnière et cette voix, elle me dit quelque chose et même si j'en ai peur, on dirait que j'en suis folle…»

***

Falida elle, reste dans son coin, car elle ne sait pas comment réagir au message. Elle se sent piégée car elle ne pouvait pas le dire au commandant. Le message était bien clair et ce dernier parlait d'un passager.

»»»»

« Alors rien à voir avec une recherche de personne. Mais si vous saviez comment, moi aussi j'ai peur et que je manque de confiance. Mais pour une fois dans ma vie, pourquoi je ne serais pas chanceuse en réussissant ma mission » songe-t-elle.

Tout en se promenant dans l'allée, pour répondre aux passagers, elle entend une phrase qui sonne merveilleusement dans ses oreilles.

— Mademoiselle... J'aimerais discuter un instant avec votre pilote et puis-je avoir aussi des pilules contre le mal des transports. J'en ai malheureusement grand besoin.

— Bien sûr monsieur... Veuillez me suivre. (En se rendant à la cabine de pilotage, Falida ajoute:) Puis-je avoir votre nom, monsieur ? C'est dans le but de vous annoncer au Commandant Iann.

»»»»

— Mais certainement, désolé de ne pas y avoir pensé avant. Je suis Basem astrophysicien de renommée mondiale.

« J'espère que j'en fais pas trop, mais j'ai toujours rêvé de faire cela, pense ce dernier. »

Pour en avoir le cœur net, il regarde un instant autour de lui en continuant sa marche. Malheureusement, dans plusieurs regards, il voit de la surprise et de l'incompréhension. Ce qui ne le rassure en rien.

« Pourtant ce n'est pas si grave… Je ne suis qu'un peureux. Mais… Peut-être que j'ai tout faux… Peut-être que si au contraire. »

Pour ne pas s'alarmer plus qu'il ne l'est, Basem baisse la tête et sans la relever, il suit l'hôtesse. C'est la raison pour laquelle, il n'arrête pas assez rapidement. Il entre en collision avec

»»»»

elle et pour l'humilier d'avantage, il tombe à genoux.

Un très bref silence s'ensuit, puis Basem réagit aussitôt.

Oh ! Mille excuses madame, je suis distrait.

***

Bien assis, dans le dernier siège avant la cabine de pilotage, Iann attend de voir si son message est bien passé. Il entre vite dans une pensée qui l'amène bien loin de là.

« Je n'ai pas le choix… Je n'ai trouvé que ce moyen pour savoir si mon impression de déjà vu est bonne. On dirait que je sens qu'on me ment depuis le début et que je suis sur une mauvaise voie et si je comprenais

»»»»

j'aurais un gros avantage. C'est pourquoi le Maître du jeu ne veut pas que je le découvre et il ne nous en laisse pas le temps… »

Une voix hésitante le ramène rapidement là où il doit être.

— Commandant… Commandant Iann, une personne du nom de Basem, répond très probablement à votre message. Je vous laisse car je dois servir les breuvages, dit Falida en s'éloignant.

Iann regarde l'homme debout devant lui et lui dit directement en souriant :

— De quoi avez-vous peur Basem ? Si c'est comme moi, vous avez peur d'être seul. Et si c'est cela, ne cherchez plus, je suis Iann et je suis votre homme.

»»»»

— Oh ! Alors vous êtes mon partenaire dans ce jeu ridicule. C'est une très bonne nouvelle. Mais avez-vous une idée de ce qu'on doit faire ici ? Je ne comprends pas. Je travaille en astrophysique depuis des années et je suis joueur dans une équipe de rugby qui ne fait pas beaucoup de vagues. Et je ne comprends pas pourquoi on m'a accepté, car je suis de nature réservée et peu confiant.

— Avec ce que vous venez de m'expliquer de vous, je sais que votre mission sera à votre niveau, réplique Iann.

— Mais… Que voulez-vous dire ? Cela ne me rassure pas, au contraire.

— Hum… Car je crois, que je vais devoir faire un atterrissage forcé.

— Oh non ! Et que…

»»»»

Soudain, un message du copilote arrête l'explication de Iann.

« — Le Commandant est demandé immédiatement dans la cabine de pilotage. Je répète, le Commandant Iann doit revenir immédiatement à son poste. Merci. »

— Oh ! Il doit se passer quelque chose de grave. Je dois y aller. Mais ne vous en faites pas trop, vous serez, je crois, amené à gérer une panique générale, mais ne vous en faites pas, vous en êtes capable. Maintenant retournez à votre siège et attendez de voir ce qui se passe.

Et Iann, en se dirigeant droit vers la porte de la cabine, termine ainsi.

— Bien heureux de faire équipe avec vous et faites-vous confiance…

»»»»

Chapitre 18

Raphaëlle, depuis la menace de représailles si elle ne se rasseyait pas et de l'inquiétude de voir un autre passager demander à voir le Commandant, en eut assez. Une fillette inconsolable est installée derrière elle. Son état énerverait le plus calme des hommes et elle n'était vraiment pas la patience même. C'est plutôt le contraire qui la caractérise. Les pleurs incessants et les cris de l'enfant la rendent folle et c'est cette impatience qui la met encore une fois dans de beaux draps.

— Madame, c'est assez… réparez, je vous prie son toutou ou donnez-lui en un autre. Misère… Ou faites quelque chose pour qu'elle se taise. J'ai besoin de repos et les autres passagers aussi…

Avant qu'elle ne finisse, un groupe de personnes masquées l'encercle et une voix d'homme pas commode lui ordonne d'arrêter ses jérémiades et de le suivre.

— Oh là… Madame c'est vous qui jouer avec mes nerfs. Sortez de là, Comme vous avez demandé, nous allons vous offrir une place bien tranquille. Ha… Ha… Vraiment calme, croyez-moi, dit un des truands masqués, en la tirant par le bras. Vous deux, allez … Enfermez-la dans la soute avec vous savez qui et attachez-la. Comme ça elle ne pourra pas s'enfuir et surtout nous aurons la paix.

***

»»»»

Juste comme Iann ouvre la porte de la cabine, il entend les cris d'une passagère et la réponse inquiétante d'un autre, un homme à la voix grave.

Il ne peut que dire pour le copilote:

— Je dois aller voir ce qui se passe là-bas et je reviens tout de suite. Et vous, réplique-t-il en se retournant vers Basem, qui n'avait pas bougé. Venez avec moi. Nous ne seront pas trop de deux pour gérer ce conflit.

Tous les deux retournent à l'arrière au pas de course, et dans sa hâte, il oublie de refermer la porte à numéros du cockpit.

En arrivant, rapidement ils se rendent compte que la situation est plus grave qu'ils ne le pensaient. Les dégâts étaient bien réels et il fallait les limiter.

»»»»

Iann ne trouve rien à dire de plus que… :

— Hey… Cette dame n'a fait que dire ce que nous tous avions sur le cœur. Cette enfant, est incontrôlable depuis trop longtemps et il faut lui donner son jouet pour qu'elle cesse de pleurnicher. Elle est en train de rendre dingue tous les passagers, sauf vous quatre à ce que je vois.

— Bon maintenant c'est le Commandant qui s'en mêle. Pourtant vous avez remarqué que nous ne sommes pas que des passagers et que nous avons des armes… Alors ne me mettez pas en colère car vous risqueriez de le regretter. Retournez à votre poste et laissez-nous gérer cela, mais si vous voulez vous reposer comme cette dame, alors il me fera grand plaisir de vous arranger cela, réplique furibond l'homme masqué.

»»»»

Iann, ne tenant pas compte de l'avertissement, intervient aussitôt:

— Stop… Que voulez-vous au juste ?

Très rapidement le malfrat se tourne vers Iann et le regarde un instant en gardant le silence, puis il lui dit.

— Rien ! Enfin, pour l'instant du moins. Nous ne voulons qu'amener cette prisonnière pour qu'elle ne nuise plus et si vous continuez à essayer de me taper sur les nerfs, on vous enfermera vous aussi. Est-ce que c'est ce que vous voulez ? Et vous deux, pourquoi nous regardez-vous ainsi ? Baissez les yeux et rasseyiez-vous ou…

Avant qu'il ne termine sa menace, Basem comprend qu'il doit agir.

»»»»

— Allons messieurs, ce n'est pas notre problème. Restez tranquille et ils ne vous feront rien de mal.

— Bon enfin, il y a une personne sensée à bord, réplique fermement l'homme masqué. Maintenant nous allons y aller… Ne vous inquiétez pas, vous êtes entre bonnes mains.

Se tournant ensuite vers les personnes désignées et en les regardant droit dans les yeux à tour de rôle…

— Et vous, comme l'a dit votre ami, vous devriez vous soucier de vous et non de cette femme, il est trop tard pour elle… Allez vous autres, nous avons assez parlé et nous avons un travail à faire, termine-t-il en s'éloignant.

Comprenant les allusions de Basem, Volgan et Camilo, même s'ils sont en colère, laissent passer les malotrus. Cependant, pour ne pas aggraver la

»»»»»»

situation, ils gardèrent les yeux baissés pour ne pas attirer la fureur de l'homme masqué, qui sans l'ombre d'un doute est le chef.

Pour montrer qu'ils étaient sérieux et dangereux, quelques pirates masqués restent avec eux. C'est pourquoi, le trio de participants reste silencieux et que Iann, sans dire un mot retourne à sa cabine.

« Ouf… Je dois dire que j'ai manqué en faire toute une. Les deux autres et aussi cette malheureuse femme… Sont-ils tous comme nous des participants et les autres les pirates sont-ils eux aussi dans l'aventure? Si c'est ça, alors on devra se battre entre nous pour rester en vie. Et là nous ne pouvons même pas discuter d'une stratégie. On est cuit, songe ce dernier en revenant à son poste.

»»»»

Arrivé près de celui-ci, il aperçoit la porte entrebâillée, ce qui n'augure rien de bon.

Il court et entre dans le cockpit.

— Ah non !!!

»»»»

Chapitre 19

Les pirates n'ont aucun problème à transporter la prisonnière. Ils se donnent même un plaisir fou en la bousculant de l'un à l'autre comme si elle était une poupée de chiffon. C'est ainsi que Raphaëlle se retrouve ligotée et bâillonnée en un rien de temps dans la soute. Le linge dans sa bouche était tellement gros qu'il l'empêchait de respirer par la bouche. Cependant, c'était le résultat voulu, car il lui était impossible de crier.

Dans cet instant de panique, une pensée lui vient en tête.

« Là je sais et je comprend que la fin dans cette aventure est proche. Il est peu probable que je ne m'en sorte vivante. (Une supplication suit alors sa constatation.) Ok... Là, Maître vous avez assez joué avec moi. Vous avez gagné, je vous l'accorde. Mais s'il vous plaît, je vous demande d'avoir pitié et de me renvoyer à ma vie plate d'avant. Je vous garantis que vous n'entendrez plus parler de moi. »

Sa pensée s'arrête et elle revient au présent, car un grincement de porte, annonce une nouvelle visite, et un homme qu'elle ne peut voir, respire maintenant derrière elle. Dans son for intérieur en panique elle crie:

« Non, non, je ne suis pas prête ! »

Mais une surprise de taille la glace de peur lorsqu'elle entend:

— Allez ma jolie, j'ai enfin eu l'ordre de me débarrasser de toi. J'en jouis déjà. Commère, tu auras ce que tu n'arrêtes pas de semer, la mort.

»»»»

Mais avant je vais m'amuser un peu, dit l'homme en enlevant son masque. Maintenant, je n'ai plus besoin de ça. Enfin pour ce qui s'en vient, je serai mieux sans et tu ne pourras pas me dénoncer, dit-il en revenant devant elle, avec dans ses mains l'affreux masque.

« Mais… Ce visage, il me dit quelque chose… Mais où donc l'ais-je déjà vu ? »

Raphaëlle n'a pas le temps approfondir sa pensée, car l'homme commence à arracher ses vêtements en continuant son monologue.

— Ça fait plusieurs jours que tu te pavanes devant moi et mes hommes en montrant tes atouts. J'ai depuis ce jour j'ai envie de toi et c'est aujourd'hui que ça se passe, dit le pirate en se jetant sur elle.

»»»»

Raphaëlle essaie de se débattre, mais il est évident que le monstre est plus fort qu'elle et attachée comme elle l'est, le combat est inégal. Avant de se laisser faire, elle tente de crier.

— Hum… N…

— Arrête de te battre, tu ne peux gagner. Tu verras, ça ne sera pas long et ensuite tu n'auras même pas le temps de souffrir… Mais pour ça, il faut être gentille, termine-t-il en prenant son sein au complet dans sa bouche et en commençant à téter comme un bébé.

Raphaëlle commence à se fatiguer de bouger et elle est sur le point de baisser les bras, lorsqu'elle entend une autre voix qui ne lui est pas inconnue.

»»»»

— Slim[11], arrête ! Je t'ai dit de ne pas la toucher. Tu as encore une fois outrepassé mes ordres. Lâche-la tout de suite. Sinon tu auras affaire à moi.

— Chef ! Vous ne devriez pas être ici. J'ai tous les droits car l'ordre venait de plus haut que vous et j'ai le droit de m'amuser un petit peu avant de la liquider. Allez-vous-en ! Je m'en occupe, réplique Slim en se levant.

Il se dirige vers l'autre homme en attrapant un couteau au vol et en le maintenant derrière lui.

Raphaëlle, voyant l'arme que le sale type tenait derrière son dos, essaye d'informer son sauveur.

— Mmmmmm…

— Madame, ne vous en faites pas, je le connais. Il ne vous fera plus rien

---

[11] Slim – Un des Pirate de la Saga Tempête – Tome 1 : Pirates des mers.

»»»»

et toi Slim, tu n'écoutes rien. Je sais ce qu'on t'a demandé et ce n'est sûrement pas un viol.

— Allons, voyons… Un viol, tout de suite les gros mots. Cette garce me provoque, c'est ce qu'elle veut, hurle le pirate en se jetant sur son chef avec en main un couteau bien affuté.

Raphaëlle ne peut pas regarder. Elle gémit en fermant les yeux et des larmes coulent sur ses joues.

Un instant plus tard, une main sur son épaule la fait sursauter. Prise de panique, elle ouvre les yeux pour affronter le danger, mais rien n'arrive. De plus, les liens derrière sont coupés et on lui enlève même le torchon qui lui coupait le souffle. Elle se tourne vers son sauveur et l'enlace tout en pleurant sur son épaule.

Puis se rendant compte de ce qu'elle venait de faire, Raphaëlle

»»»»

s'éloigne un peu de son sauveteur. Elle regarde tout autour d'elle et bien vite, elle voit par terre son agresseur les yeux ouverts avec une belle plaie béante au niveau de la poitrine et beaucoup de sang autour de lui.

Au souvenir de ses mains qui la touche une pensée lui vient.

« Bien fait pour toi, sale pirate… Je sens encore tes grosses mains poilues sur mon corps. Quelle sensation affreuse ! Enfin j'espère que tu es vraiment mort cette fois et que tu ne pourras plus m'atteindre. »

Puis sentant le souffle de son sauveteur sur elle, une nouvelle sensation lui vient, ce qui la fait revenir au moment présent. Pour reprendre le contrôle de son corps qui agit drôlement, elle revient à cet être infâme qui le regarde et prononce ses premières paroles.

»»»»

— Merci monsieur, vous m'avez sauvé de ce pirate. Qu'allons-nous faire de lui ? Il ne peut rester là à me regarder... Et... Et vous l'avez appelé pas son nom. Êtes-vous des leurs ?

Voyant que Raphaëlle ne contrôlait plus ses nerfs, il intervient avant qu'elle ne termine en lui disant une demi-vérité.

— Non, non... Ne vous inquiétez pas, il est bien mort. Malheureusement oui, je le suis, mais je ne savais pas que nous serions aussi des cibles. Je sais, ça ne m'innocente pas, mais avec ce meurtre, je suis dans le même camp que vous maintenant. Et pour en revenir à cet idiot, et pour que vous puissiez vous l'enlever de la tête, je vais immédiatement le déplacer derrière ces boîtes, ainsi il aura disparu de votre vue. Et ceux qui le chercheront sûrement en temps et lieu, ne le trouveront pas de sitôt.

Tout en terminant ces paroles, l'homme fait ce qu'il doit pour cacher le cadavre. Ce n'est pas une tâche facile car le macchabée est très lourd, mais il doit le faire pour sa victime. Ensuite, lorsqu'il revient vers elle, il voit que la femme tremble comme si elle était gelée. Il ne peut que la reprendre dans ses bras. Et Raphaëlle se laisse bercer, comme si les bras qui la retenaient, étaient sa protection.

Sentant la chaleur revenir en elle, en sanglotant elle lui dit :

— Merci, mille fois merci et je vous promets que cette fois, je vous écouterai. Vous êtes mon Maître et mon sauveteur… Sir El Draque.[12]

---

[12] El Draque : Un des pirates de la saga Tempête –Tome 1 : Pirates des mers.

»»»»

L'homme se crispe en entendant son nom.

— Oh là ! dit-il en se dégageant. Je ne sais pas d'où vous avez appris mon vrai nom… Mais Commère, vous ne devez le dire à personne. (Il la regarde dans les yeux et voyant de la tristesse il se reprend.) À bien y penser, ça n'aura pas grande importance, car en vous libérant et surtout en tuant ce vaurien, j'ai trahi la cause.

N'en pouvant plus de voir son visage si triste, il se colle de nouveau et poursuit son monologue, car elle ne réplique guère.

— Je ne sais pas ce qui ne va pas en vous et je m'en fous, car malheureusement je ne vous ai pas sauvé ni une ni même deux fois, comme vous semblez le penser et maintenant où j'en aurais la possibilité, je crains de ne pas pouvoir y arriver.

»»»»

Et malheureusement nous n'aurons pas la chance de nous connaître mieux. Regardez où nous sommes et bientôt ils viendront nous chercher. Depuis le tout début, dès que j'ai vu vos yeux avec ou sans votre affreux masque, ils m'ont séduit. Ils me parlent vous savez et je sais que nous ressentons la même attirance, même si je sais que ce lien est impossible. La seule chance que nous avons de nous connaître mieux, est là maintenant. (Il arrête un instant et poursuit.) Si vous le voulez… non je ne peux vous demandez cela. Venez, je vais essayer de vous sortir de là.

Aussitôt son monologue terminé, il essaie de se relever mais une main arrête son geste.

— El, vous avez tous les droits, car vous avez raison, moi aussi je me languis de vous. Allons revenez près de moi. Nous n'avons pas de temps à perdre.

— Non attendez… J'ai encore une chose à vous avouer, je ne suis pas un ange et aucunement ici, je suis blanc comme neige… Même aujourd'hui j'ai du sang sur les mains…

Sentant son désir grandir encore pour ce dernier, Raphaëlle l'interrompt.

— Oui, je suis au courant et ce sang vous l'avez pour m'avoir sauvé et moi aussi je ne vous dis pas tout. Il n'y a pas si longtemps, avec ma jeunesse encore, vous ne seriez pas là à me parler…

Là c'est lui avec son doigt sur sa bouche qui la somme de garder le silence.

— Oui, j'ai ce sang bien sûr, mais j'ai aussi un autre meurtre qui n'est

»»»»

pas aussi honorable et pour tout vous dire, ce visage mature me convient parfaitement, rajoute El Draque, en promenant son doigt sur les lèvres entrouvertes de Raphaëlle.

Puis n'en pouvant plus de regarder sa bouche qui émet un son de désir hypnotisant, El, avec toute l'ardeur et la tendresse dont il est capable se penche sur la bouche offerte de celle qu'il désire de toute son âme et l'embrasse d'un tendre baiser.

Celui-ci ne dure pas assez longtemps au goût de Raphaëlle, mais un bruit d'ouverture de porte les ramène au danger et instinctivement, ils se cachent eux aussi, derrière les caisses de la soute et son sauveteur dit en lui murmurant à l'oreille…

— Ne faites aucun bruit. Peut-être ne viennent-ils pas pour nous, et si malheureusement ils viennent vérifier qu'on vous a éliminé et bien je vous protègerai et cela jusqu'à ma mort. Chut… Ils entrent.

***

Falida entre dans la pièce avec dans les mains, un plateau de nourriture. En un instant le plateau et l'hôtesse se retrouve par terre avec sur son dos, deux personnages très agressifs qui la maintiennent au sol.

— Aïe ! Arrêtez… Arrêtez sombres idiots ! Je ne vous veux aucun mal, au contraire. Mademoiselle, je venais vous libérer et vous nourrir. Cependant, je vois que vous n'aviez aucunement besoin de moi. Je croyais, enfin, je pensais que vous seriez la personne que je cherche et là encore je me suis trompée. Au moins avec cet homme costaud vous aurez une chance de remporter la partie, mais vous devrez vous dépêcher, parce qu'eux ont déjà commencé les dégâts.

Raphaëlle surprise au début par les propos de la dame se reprend vite et la libère de son poids et El fait de même. Pour couper le silence gênant, elle lui dit :

— Oh ! Est-ce possible… Vous faite partie du jeu, alors oui je crois que nous sommes ensemble. Lui, continue-t-elle en le pointant du doigt, n'est pas plus mon coéquipier que la dernière fois.

El Draque ne comprenant pas, réplique.

— Mais que dites-vous là Commère, nous avons fait plusieurs coups ensemble et même si je me rappelle toutes vos gaffes, nous sommes chanceux d'être encore en vie.

»»»»

— Non écoute, ça serait trop long à t'expliquer et de toute façon tu ne me croirais pas, alors mon brave sauveur, tu devras avoir une confiance aveugle en moi. (Puis elle se tourne vers Falida et poursuit.) Quel est votre nom collègue ?

— Bien sûr désolée, je m'appelle Falida et vous êtes ?

— Raphaëlle… Je faisais partie du premier jeu et lui… (En le regardant elle ne poursuit pas sa phrase et elle continue plutôt.) Pour l'instant, qui nous sommes n'a pas d'importance. Ce qui en a par contre, est le fait de nous être trouvé et d'avoir un allié imprévu. Qu'en dites-vous ma chère ? Trouvez-vous à présent que nous avons une chance de gagner en nous débarrassant de ces pirates ?

— Oui vous avez raison… Mais une chose dans tout ce que vous

»»»»

m'avez dit me chicotte. Dans mes souvenirs à moi, nous devions n'être que deux alliés et là nous sommes trois, réplique Falida.

« Hum… Elle est futée la vieille et je ne peux pas tout lui révéler et encore moins que nous étions dans le camp ennemi. Alors trouve quelque chose à lui dire et au plus vite.»

— Oui, vous avez raison. Mais peut-être avons-nous déjoué le Maître du jeu en changeant les règles ou encore mieux, ont-ils eux-mêmes fait ces changements pour ne pas que nous réussissions ? Oh oui ! C'est cela et en voilà la preuve. Avez-vous trouvé bizarre le message du pilote ? Moi si, en tout cas, surtout que celui qui y a répondu était mon coéquipier dans un autre essai. Ce qui me fait dire que nous ne sommes pas seuls, mais que pour une raison X, le Maître nous a

»»»»

laissé dans l'ignorance. Donc si j'ai bien compris cette fois cet essai, pour gagner nous n'aurons pas juste ces personnages masqués à combattre. Oh ! termine-t-elle en voyant le visage abasourdi de sa coéquipière. Êtes-vous avec nous, madame Falida ?

La femme prit un peu de temps avant de répondre, mais finalement dit :

— J'ai eu, oui un choc, mais vous avez tout à fait raison. Maintenant, il nous faut un plan. Et nous n'avons pas beaucoup de temps pour y penser. Seulement moi, pour l'instant je ne pourrai être avec vous. Je dois aller porter le plateau de nourriture avant qu'on s'aperçoive de ma disparition. Bien sûr que je le suis. Ensuite, je continue mon travail d'hôtesse comme si de rien n'était, parce que pour l'instant il serait trop dangereux pour

»»»»

vous deux de sortir. Je vais espionner et vous revenir dès que possible. C'est un bon début non ? Ah oui ! Ces malotrus cherchent deux de leurs compatriotes. Les avez-vous vus par hasard ?

Cette dernière question rend Raphaëlle mal à l'aise mais pas son compagnon et il répond aussitôt.

— Vous voyez ce sang par terre et bien c'est celui d'un de leurs compagnons. Je n'ai pas eu le choix, c'était la vie de Co… Raphaëlle ou la sienne et le choix a été très facile à faire. Nous l'avons caché derrière ces boîtes, termine-t-il en les désignant.

La réponse de Falida est évasive.

— Alors, tant qu'ils ne le cherchent pas ici. Hum… J'ai une idée. Vous pourriez vous glisser parmi ces pirates et vous faire passer pour l'un des deux truands… Mais je dois m'assurer que

»»»»

ce plan peut marcher, car peut-être que le copilote disparu est avec le deuxième abruti. Nous ne devons rien laisser au hasard. Je dois vérifier, je vous reviens et j'apporterai de quoi enlever un peu de ce sang, réplique Falida, en sortant de la pièce.

Lorsqu'ils sont seuls, El se tourne vers Raphaëlle pour s'apercevoir qu'elle l'observe intensément. Pour couper le silence il dit:

— Raphaëlle vraiment un très joli nom. Mais tu ne trouves pas que tu es allée trop loin dans tes mensonges ? Je ne suis pas certain qu'elle ait tout gobé, surtout à mon propos.

Avant de répondre, elle garde un instant de silence, elle doit analyser avant.

« Je ne peux pas tout lui dire, car il est évident que ses souvenirs ne sont pas les mêmes que les miens. Alors je dois improviser et trouver un moyen de détourner la conversation. »

Puis ayant trouvé, Raphaëlle réplique.

— Oui j'ai peut-être exagéré, mais moi au moins elle m'a cru. Pour toi, je n'en suis pas certaine, car vois-tu je viens d'allumer sur certaines de tes paroles dites tout à l'heure. Il est mort aussi dis-moi, le copilote ?

Surpris par son intelligence, il se met à rire et lui répond.

— Tu es trop douée ma jolie. Tu as bien compris. Je n'avais pas le choix. C'était vois-tu, une de mes tâches, mais sois rassurée, ils ne le retrouveront jamais, enfin pas en un morceau. Allons ma douce, ne fais pas cette tête là, je t'ai tout dit. Et n'avons-nous pas commencé quelque chose avant que Falida ne nous dérange?

»»»»

Hum… Fini la conversation, dit-il en se collant à elle.

— Oui… Où en étions-nous rendus? termine-t-elle en touchant de son doigt ses lèvres en souvenir d'un plaisir ressenti plus tôt.

»»»»»»

Chapitre 20

Iann parvient, après plusieurs minutes, à reprendre le contrôle dans la cabine de pilotage et regarde tout autour.

« Du sang partout, il est impossible que le pauvre à qui il appartient, soit encore en vie, mais le drame est bien arrivé ici. Mais où est le corps ? Le tueur ne peut être passé bien loin de moi… Pourtant je ne l'ai pas vu ou peut-être n'était-il pas masqué et là il serait passé inaperçu. Je ne sais plus quoi faire. Je dois encore réfléchir mais pas ici.

Iann anéantit retourne à la cuisinette.

»»»»

« Il faudra bien que j'y retourne pour faire atterrir cette saleté d'avion, mais je vais devoir trouver un copilote… Même inexpérimenté ça sera mieux que rien. Peut-être mon coéquipier pourra faire l'affaire et ainsi nous pourrons discuter de ce satané jeu.

Bien assis dans la petite cuisinette il repense au moment entre sa dernière discussion avec un des pirates et celui du meurtre du copilote.

« C'est impossible… Il doit s'agir d'une erreur. Merde que non… Il est mort durant que j'étais là-bas… En train d'essayer de sauver cette femme et même là, je n'y suis pas arrivé. Ouais, ben là je ne sais vraiment plus que penser. Je sais que Basem est sûrement mon coéquipier, mais ce qu'il m'a dit ensuite est ahurissant. Néanmoins, si c'est bien vrai, ce sont

»»»»

des montres sans cœur qui nous maintiennent là, dans ce jeu et comme je peux voir, il ne s'arrêteront pas de se jouer de nous. Et, comme Basem m'a dit, ce n'est pas le premier essai, et la femme prisonnière était avec lui dans un autre. Alors, pourrait-il y avoir plusieurs alliés ? Sont-ils eux aussi en compétition ou formons-nous une seule équipe? Maintenant, il est trop tard pour vérifier tout cela. Je dois me débrouiller avec celui qui me fait confiance et à qui, moi aussi je fais confiance. »

***

◄ — Je ne comprends pas Concepteur. Ils n'auraient pas dû être capables de découvrir cela. Pourtant leurs souvenirs sont ceux que nous leur avons inculqué.

»»»»»

◀ — Non… je ne peux pas, non! Pas cette fois encore… Laissez-moi votre place Maître, je vais devoir accélérer le jeu pour les empêcher de le terminer.

◀ — Bien, Concepteur, à vous de jouer alors.

***

Soudain, l'avion rencontre une grosse turbulence qui l'expédie sur le sol. Il se relève rapidement et court vers le cockpit. Il ouvre et referme la porte et, surprit de voir un homme assit à sa place, il dit:

— Que faites-vous ici ? Et qu'est-ce qui arrive encore ?

— Un tempête se lève subitement Commandant. Tout était beau et en un instant le vent s'est levé comme par magie. J'ai quelques notions aéronautique et je suis venu aux nouvelles voyant que nous étions encore sur le pilote automatique et qu'il n'y avait personne pour le contrôler, je suis resté. Je m'appelle Volgan et nous nous sommes vus tout à l'heure.

— Bien j'avais justement besoin d'un second qui, comme vous voyez, a disparu. Et comme vous avez sûrement remarqué tout ce sang qui n'est pas le mien, ce dernier ne doit plus être de ce monde. Prenez sa place plutôt que la mienne et essayons de faire atterrir ce foutu avion.

— Je dois vous avertir que je ne sais pas comment l'avion a bifurqué et si j'ai bien compris cet écran, nous sommes au dessus de Chicago. Et comme vous pouvez le voir, le temps est exécrable et nous n'avons presque plus de carburant.

Alerté aussitôt, Iann reprend sa place et lance un SOS.

— May day… May day… Tour de contrôle de Chicago, nous sommes le vol 283, en provenance de Montréal et se rendant à Mexico. Probablement dû à la tempête, l'avion a changé de cap et se dirige vers vous.

« Je ne sais pas s'ils vont croire en mon histoire mais je ne peux aisément leur dire que nous avons des pirates à bord, qui selon moi ont détourné cet avion… S'il ne te croit pas, pense mais fais-le vite. »

Et voilà qu'une idée lui vient.

— Je n'ai presque plus de carburant et mon copilote est malade. J'ai trouvé une personne pour le remplacer mais c'est un novice. Une tempête se lève et

»»»»

je ne peux la contourner faute de carburant. Demande la permission d'atterrir sur une de vos pistes.

— Tour de contrôle à vol 283... Nous sommes désolés, vous ne pourrez pas atterrir car toutes nos pistes ne sont plus praticables... Nous sommes en train d'essayer de les déneiger. Refaites des grands cercles autour de l'aéroport. Nous allons essayer de dégager une piste d'urgence.

***

Dans la soute, la turbulence, avait fait tomber les deux amants sur le sol.

Les prémices sexuelles étant beaucoup avancées, en riant, ils ôtèrent rapidement leurs vêtements. Un instant, El la repousse pour la dévorer

»»»»

du regard, ce qui permit à Raphaëlle de faire la même chose.

Une pensée lui vient alors en tête.

« C'est lui, j'en suis certaine, mais son corps n'est pas le même… Il est aussi musclé oui, mais il n'a pas tous ces balafres qui enlaidissaient son visage et pourtant je les trouvais tellement viriles. Ouf… C'est tellement déroutant. »

Une petite phrase de son partenaire la fait revenir instantanément au présent.

— Hum… Si je ne fais pas attention, comme tu peux voir, dit El en prenant sa main et en la déposant sur son membre bien dur, il poursuit, je ne serais pas très long à répandre ma semence en toi… Tu es tellement belle et mon attirance pour toi est indéniable.

»»»»

Pour prouver le tout, il s'étend sur elle en continuant l'exploration de son corps.

— Hum… comme c'est doux et tellement fantastique de partager un tel moment avec toi et je dirais même plus encore lorsqu'on sait qu'ils sont appréciés par l'un et l'autre, et tu ne peux le nier car le fluide qui coule dans ma main est la preuve que toi aussi tu savoures cette douce intimité, lui chuchote-t-il, d'une voix rauque en lui mordillant l'oreille.

— Oh ! Que oui et tu le sais très bien. Et je vais te dire encore mieux, arrête de parler et agit car j'ai vraiment hâte de te sentir en moi, dit Raphaëlle en riant.

— Petite diablesse va, tes désirs sont des ordres.

Lorsqu'enfin il la pénètre, un gémissement de plaisir de la part de sa

»»»»

partenaire lui fait perdre le reste de contrôle qu'il avait encore.

Et aussitôt les deux amants partent ensemble dans un balancement parfaitement harmonisé et ils jouissent en atteignant une extase à vous couper le souffle.

Ayant reprit son souffle…

— C'était tout à fait sublime. Je ne croyais pas pouvoir ressentir une nouvelle fois, dit Raphaëlle.

— Une nouvelle fois! Pourtant j'avais cru sentir que c'était ta première fois et justement j'avais peine à y croire vu ton âge, réplique El Draque.

« Maudit jeu, encore une fois… Je vais être dépucelée combien de fois ! »

Elle n'eut pas le temps de finir sa pensée, car du bruit derrière la porte, les ramenèrent au présent et ils n'eurent que le temps de se cacher derrière les grosses caisses.

Falida entre et en voyant les vêtements éparpillés comprend vite le tableau et en riant…

— Oh ! Comme c'est charmant, même dans un avion en état de crise des rapprochements se créent. Mais là j'ai besoin de vous. Alors vous devrez remettre à plus tard…

El Draque, ne la laisse pas terminer, car il se sent un peu coupable.

— Oui ! Non, nous le savons et ce n'était vraiment pas prévu. Laissez-nous quelques instants pour nous rhabiller et nous serons à l'écoute…

Falida l'interrompt et elle réplique.

— Non, ne le faites pas, vous gagnerez du temps.

»»»»

Raphaëlle ne comprenant pas le sens de la phrase, réplique aussitôt.

— Ben voyons… Je ne resterai sûrement pas sans vêtements !

— Désolée… Je ne voulais pas dire ça. Je m'explique. Il y a du mouvement dehors, beaucoup de mouvement. Et de plus, j'ai entendu la conversation de deux des pirates masqués qui se demandaient où était passé le soldat et le pigeon. Si j'en juge par ce que vous m'avez dit tout à l'heure, celui derrière vous est l'un des pirates, mais l'autre où est-il ?

Raph et El firent un signe de tête affirmatif et Falida poursuit.

— Enfin même sans le savoir, il faut continuer. Alors, voici ma question pour vous monsieur. Croyez-vous être capable de passer pour lui en enfilant ses vêtements et son masque ?

»»»»

— Je crois bien mais…

En l'interrompant, elle poursuit.

— Merci monsieur, il n'y a pas de mais qui tienne. Vous devez essayer car nos vies ainsi que celles de tous les passagers sont en jeu et nous devons tout faire pour les sauver. Peut-être de cette façon gagnerons-nous la partie ? Et moi de mon côté, je pourrai m'occuper d'un autre problème, car il ne fait nul doute que cet avion est instable et que je dois pour réussir en découvrir la ou les raisons. Et, poursuit-elle en regardant Raph, Madame, vous allez devoir quitter la soute et aller vous cacher ailleurs. J'ai trouvé l'endroit idéal pour vous, les toilettes. Je viens de placer la pancarte « défectueuse » sur la première porte. Vous y serez en sécurité, en tout cas pour un bout de temps et en dernier recours, j'y ai même caché cinq parachutes que j'ai trouvé un peu partout dans l'avion. J'ai essayé de penser à tous les imprévus possibles et imaginables mais je ne suis pas devin. Alors si quelque chose de mieux vous passe par la tête pour sauver votre peau, vous avez ma bénédiction. Maintenant nous devons agir individuellement. Bonne chance à vous deux, et j'espère que sur terre, au ciel ou dans une autre vie nous nous croiserons de nouveau. Cette brève rencontre fut un plaisir, termine-t-elle en sortant.

— Ouf… Je crois qu'elle était très pressée, mais mon amour, tu as un plus grave problème que ça. Car tu devras être à la fois deux personnages et ils devront tenir la route. Si on peut le dire ainsi, tu devras jouer les deux rôles les plus importants de ta vie et tu devras les jouer aussi bien l'un que l'autre. Est-ce que tu te sens d'attaque ?

— À vrai dire oui et non. Cependant nous n'avons pas le choix et je dois au moins essayer, répond El Draque en mettant les habits de Slim dit le Pigeon, que Raphaëlle avait enlevé du mort pendant que Falida expliquait. Nous devons lui faire confiance et tu dois écouter pour une fois et faire ce qu'elle t'a dit sans ne te mêler de rien. Et si, par malheur, je ne reviens pas à temps ou que je ne suis plus de la partie et que la situation devient catastrophique, promet-moi d'utiliser les parachutes pour toi bien sûr et pour des survivants que tu trouveras sur ton passage. Tu es courageuse et tu dois penser à ceux que tu peux sauver sans tenir compte de moi et tu dois me le promettre. Et pour ma part, je ne sais pas comment je vais m'y prendre, mais je vais te

»»»»

déverrouiller les sorties de secours. Alors, j'attends, petite tête dure, il faut me promettre, dit-il en prenant son visage dans ses mains.

— Mais…

— Non, arrête on n'a pas le temps pour des jérémiades. Ma belle, promet-le moi simplement, réplique El en lui donnant de petits baisers sur la bouche. Je t'aime et je veux te sauver.

Les larmes aux yeux, elle répond.

— Je te le promets.

— Alors vas-y, répond-il en vérifiant que la voie est libre. Allez ouste ! termine ce dernier en lui donnant de petites tapes sur les fesses. Et n'oublie pas, tu as promis de ne pas te mettre en danger.

Le regard qu'elle lui lance en cet instant, veut tout dire, mais elle ne rajoute aucun commentaire. Elle

»»»»

avance la tête basse et lui aussitôt passe au côté d'elle, puis au pas de course, il s'éloigne rapidement.

»»»»

Chapitre 21

— Vol 283 à tour de contrôle. Pouvez-vous répéter ?

— Tour de contrôle à vol 283, nous sommes désolés toutes nos pistes ne sont plus praticables… Nous sommes en train d'essayer de dégager les débris dû à la tempête tropicale dont nous venons d'être victime. Faites de grands cercles autour de l'aéroport. Nous allons essayer de faire le plus rapidement possible.

— Vol 283 à tour de contrôle. Qu'avez-vous dit ? Une tempête tropicale ! Mais comment est-ce possible à Chicago ? En tout cas, vous

»»»»»

devez faire vite ma foi, car notre carburant s'épuise rapidement.

— Tour de contrôle au Vol 283, que me dites-vous là ? Vous n'êtes vraiment pas près de Chicago, mais bien près de Cancun au Mexique.

— Mais comment est-ce possible, si tout à l'heure nous étions près de Chicago? réplique Volgan.

— Je n'en sais rien, mais nous n'avons pas le temps d'approfondir. Et il poursuit :

— Vol 283 à tour de contrôle. Bien compris. Nos instruments de vol sont probablement défectueux. Je commence ma première manœuvre, mais je vous en prie, faites vite.

Aussitôt la manœuvre entreprise, Volgan en paniquant exprime son doute de réussir.

»»»»

— Regardez Commandant, le cadran de carburant diminue à vue d'œil. Nous ne pouvons plus attendre longtemps.

Iann se demande s'il peut compter sur lui s'il lui parle de ses doutes, lorsque soudain, une idée qui pourrait marcher lui vient en tête.

Il replace ses écouteurs et dit:

— Vol 283 à tour de contrôle. Notre carburant diminue à vue d'œil. Pouvez-vous nous envoyer un avion de ravitaillement pour que nous puissions remplir en vol et ainsi pouvoir continuer notre chemin ?

Cet espoir, pourtant très faisable, fut de courte durée, car quelques instants plus tard, le contrôleur aérien de la tour répond:

— Tour de contrôle à vol 283 Vraiment désolé mais ça ne sera pas possible, en d'autres circonstances on aurait pu le faire mais pas en cet instant. Notre avion carburant ne peut décoller avec cette température. Si vous ne pouvez attendre, je dois vous demander de quitter cette zone et de chercher un endroit moins achalandé pour vous poser. Restez visible des radars le plus longtemps possible et nous pourrons vous envoyer rapidement des secours terrestres adéquats.

— Compris tour de contrôle, nous aurons besoin de beaucoup de chance, 283 à tour de contrôle terminé, dit Iann.

La panique se voit sur le visage de Volgan, lorsqu'il se tourne vers lui et Iann ne peut que lui dire.

— Nous n'avons pas le choix… Il faut que tu regardes la carte et que tu nous trouves un endroit assez désert et fais-le maintenant parce que nous sommes presqu'à sec et moi durant ce temps je vais faire l'annonce aux passagers.

Puis, sans perdre une seconde, Iann fait l'annonce aux passagers.

— Ici le Commandant, une énorme tempête imprévue nous empêche de continuer le voyage, nous devons atterrir de toute urgence. Première consigne… Lorsque les masques à oxygène descendront, mettez-les sans paniquer car vous aurez le temps nécessaire pour le faire. Ensuite, bouclez votre ceinture de sécurité, car malheureusement je devrai tenter un atterrissage forcé. Néanmoins, ce n'est pas mon premier et j'y suis toujours arrivé.

« Ce petit mensonge ne peut pas leurs faire de mal… » songe Iann.

»»»»

***

Aussitôt le message terminé un début de vent de panique se lève dans l'avion et on attend la même question.

— Mais, allons-nous mourir ?

***

Dans une allée Camilo arrive en courant portant dans ses bras la femme qu'il aime avec à sa suite une petite fillette pleurnicharde. Au même moment, Raph sort de sa cachette et le percute.

— Mais que faites-vous là ? Vous devriez être en pleine panique, attaché à votre siège, dit-elle surprise. À moins que… reprend Raph, en voyant le paquet qu'il tient dans les bras.

»»»»

Il ne la laisse pas terminer.

— Je n'ai pas le temps de vous expliquer mais si je ne trouve pas le moyen de sortir d'ici, nous trois, on n'a aucune chance de survivre. Les pirates ne doivent en aucun cas nous retrouver.

Comprenant l'urgence de la situation, Raph hésite un court instant puis prend la décision qui s'impose.

— Venez ! dit-elle en prenant deux des cinq parachutes. La sortie de secours devrait, s'il a réussi, être débloquée, sinon je ne pourrai pas vous aider. C'est la seule issue possible.

Très rapidement, elle, la petite et l'homme avec la femme ont enfilé les parachutes et avec une corde rajoutée entre la petite et l'homme elle lui dit :

»»»»

— Petite, il faut avoir du courage et lorsque ton père ouvrira son parachute, tu devras le faire toi aussi en tirant sur cette corde.

La petite en hoquetant, fit oui de la tête. Et satisfaite, son regard retourne à l'homme et poursuit:

— Voilà vous êtes prêts à essayer de sauver votre peau. Laissez-moi une minute pour retourner à ma cache puis filez avant qu'ils ne vous trouvent. Je vous souhaite la meilleure des chances à vous et vos amies.

— Merci et à vous de même. Je commence le décompte. 60, 59,58…

Arrivée à la fin du décompte effectivement, comme l'a dit la jeune femme, la porte de l'issue s'ouvre sans problème et comme il le pensait, la chute fut brutale car ils furent aspirés par la succion de la décompression.

»»»»

Avec eux, plusieurs objets près de cette sortie furent aspirés à l'extérieur.

Par malchance, Camilo ne le voit pas, mais une barre de métal frappe de plein fouet la personne qu'il voulait sauver et cet objet rebondit sur la petite fille, qui se met à pleurer de douleur.

***

Au même moment, cette décompression fait perdre à Iann le contrôle de l'appareil.

— Mais qu'arrive-t-il encore ? On dirait une ouverture de porte. Pourtant c'est impossible nous les contrôlons.

Volgan réplique tout de suite :

— Pourtant il y a bien quelqu'un qui a réussi car effectivement une sortie urgence vient d'être ouverte.

»»»»

Voyez par vous-même, le signal clignote et vous savez ce que ça veut dire! Nous sommes fichus.

— Non ! Peut-être pas tous. Nous avons encore la possibilité de sauver quelques personnes. Alors, accrochez vous, on plonge. Et fait ta prière mon garçon, et espère que ton heure n'est pas venue.

Puis il entend :

— Tour de contrôle à vol 283 Redressez ! Entendez-vous, redressez! Vous piquez du nez et vous descendez trop rapidement. Remettez les gaz ... Vous allez vous écraser…

Iann émet une dernière fois.

— Vol 283 à tour de contrôle. Une sortie d'urgence vient d'être ouverte en plein vol et de plus, un des moteurs vient de nous lâcher. Je vais essayer de redresser pour être en mesure

»»»»

d'amerrir, mais si le moteur droit s'éteint aussi...

Iann n'eut pas le temps de terminer que le deuxième moteur lâche aussi.

L'avion aussitôt descend en piqué à une vitesse folle.

Dans la tour de contrôle, on entend :

— May day... May day... Que Dieu nous sauve, le deuxième moteur vient de lâcher.

Puis le contrôleur aérien réplique :

— Redressez... Vous allez beaucoup trop vite.

« Qu'est-ce que vous pensez que j'essais de faire? Mais je n'ai plus le contrôle de rien et ce pauvre homme à mes côtés semble maintenant évanoui. Mon dernier souhait est d'au moins sauver une personne dans cet terrible essai, cogite-t-il. »

»»»»

— Non! Ne sortez pas votre train d'atterrissage… Il faut le rentrer. Vous devez faire comme si vous amerrissiez. C'est votre meilleure et seule chance…

Avant d'essayer d'inverser le processus de retour de train, Iann ferme la communication avec la tour. Malheureusement le train est bloqué et le train reste sorti lorsque le nez de l'avion touche l'eau. La vitre du poste de pilotage cède immédiatement sous l'impact et presque aussitôt Iann perd conscience.

Mais avant, il eut juste le temps de penser…

« Je suis fichu… J'espère que ceux qui sont restés dans la queue auront plus de chances. »

***

»»»»

Sous la force de l’impact, l’avion se brise en deux parties bien distinctes.

»»»»

»»»»

Chapitre 22

Plus chanceux, les deux rescapés se sont assez éloignés de l'avion pour que Camilo donne le signal de l'ouverture des parachutes et la petite obéit. Sans problème les deux parachutes s'ouvrent presqu'en même temps. Maintenant, il regarde tout autour pour trouver un petit morceau de terre où ils pourraient atterrir en toute sécurité.

Et là en un instant, une épaisse fumée, comme un gros nuage le recouvre et l'empêche de voir. Celui-ci ne dure qu'un moment et lorsqu'il se dissipe, Camilo voit une île qui est dans sa direction et heureux, il s'y dirige.

»»»»

Alors qu'il est presque arrivé sur la terre ferme, une rafale de balles siffle à ses oreilles, mais il réussit son atterrissage sans qu'aucune ne les blessent, enfin c'est ce qu'il croit.

Aussitôt pied à terre, il se débarrasse du parachute, regarde la femme et un cri de désespoir sort de sa bouche :

— Non ! Non… Vous ne pouvez me faire cela. J'ai gagné, je l'ai sauvé. Satané jeu! Jouez franc jeu… Vous êtes une bande de sadiques, dit-il en pleurant de rage. Pourquoi moi je ne suis pas mort? Et qu'est-ce que c'est cet endroit ? Ça n'est pas possible… Oh non… Et la petite est-elle morte aussi ! dit-il en rampant vers elle.

Il la regarde et voit du sang sortir de son bras ainsi que l'objet qui l'a blessé, mais qu'elle respire encore.

»»»»

— Ouf… au moins il y en a une sur deux.

Camilo, regarde autour. Il doit trouver un endroit pour les cacher. Il sait qu'il n'a pas beaucoup de temps, car il est certain que ceux qui ont tenté de le tuer, tenteront aussi de les retrouver pour achever leur œuvre.

Rien pour l'instant, ce n'est que le désert, mais en plissant les yeux, il croit voir une oasis.

Il regarde son âme sœur et l'enfant qui n'est toujours pas réveillée et Camilo sait que pour avoir une chance d'y arriver, il doit prendre seulement celle qui est en vie et abandonner l'autre. Il sait qu'il doit le faire mais ça lui brise le cœur.

Il réussit à se lever avec la fillette dans les bras et il marche, puis court avec toute la force de son désespoir.

»»»»

« Je ne vois que du sable à perte de vue, sauf cette petite oasis que j'aperçois là-bas. Allez ne lâche pas si tu veux avoir une chance de vengeance, car si j'en crois la balle qui l'a atteinte et celles qui ont sifflé à mes oreilles, je ne crois pas qu'il y avait plusieurs tireurs, et je sais qu'il voudra savoir s'il a réussi et là, ça sera ma chance de me venger. Je dois réussir à y arriver. »

À bout de souffle Camilo atteint l'oasis juste à temps pour entendre un cheval au galop s'approcher. Aussitôt arrivé, il voit la cachette idéale pour une embuscade et la seule à vrai dire. Rien ne pourra les protéger bien longtemps ici et il sait qu'il n'aura qu'une seule chance.

« Ouais ma cachette, si on peut appeler cela comme ça. Ok mais je ne

»»»»

pourrai pas la manquer s'il y a une possibilité je la saisirai. »

Il s'y dirige aussitôt et creuse un peu pour pouvoir mieux s'accroupir et il attend. Quelques temps plus tard, effectivement une silhouette apparaît à côté du parachute, mais Camilo ne peut voir ni son visage ni même s'il s'agit d'un homme ou d'une femme tellement son camouflage est bon. Et même si ça n'avait pas été le cas, le tueur était trop loin. Pourtant il eut cette pensée.

« C'est un homme, je le sens. Ça doit l'être car je ne sais pas si je serais capable d'ôter la vie à une femme, même si c'est une meurtrière. Je le pourrais peut-être si je n'avais nul doute sur son implication dans cette aventure, mais encore. Mais, oui… Oui j'en suis certain. C'est un homme. Sa corpulence est trop imposante et il

»»»»

est tellement grand que ça ne peut pas être autre chose. »

Comme si c'était pour confirmer qu'il ne se trompe pas, le tireur se penche sur sa victime pour voir si elle respire encore. En se relevant, l'homme regarde tout autour. Il arrête son observation sur la petite oasis. Lentement, comme s'il voulait que Camilo sache, il retire le foulard qui recouvre son visage.

« C'est bien un homme au teint basané. Je ne m'étais pas trompé. À nous deux maintenant tueur de femme. ».

Camilo ne voit pas le regard de l'homme mais il est sans pitié. Soudain l'homme fait des signes qui déstabilisent complètement Camilo.

« Mais… Que fait-il, ce monstre ? Il gesticule et parle tout seul à présent. Dommage que je sois trop loin pour

»»»»

entendre. À moins que… (Et là il se retourne et voit la petite encore endormie.) Je ne peux faire n'importe quoi. Je dois vraiment trouver un moyen de nous sortir de là. Je dois trouver la façon de sauver cette enfant. Mais, bon dieu, je ne vois pas laquelle ? »

Encore une fois, il regarde de chaque côté et rien à l'horizon pour les sauver. Puis sans comprendre pourquoi il ressent le besoin de regarder derrière lui. Et là bien en vue, se trouve un lit… À vrai dire le même avion lit, qu'on lui avait construit chez lui… Mais qui l'a fait il ne s'en souvient plus et ça n'a pas d'importance car maintenant il peut sauver l'enfant. Mais soudain, il se rappelle que le lit n'a une seule place.

« Ouf… une seule place et si je la laissais repartir seule et que moi j'en

»»»»

finissais avec lui. Oh non ! Je ne peux faire cela car elle est seule maintenant et elle ne connaîtra personne. Si je me couche sur le dos et que je l'installe sur moi, on pourrait ne faire qu'une personne et elle dort, peut-être que ça marchera. Enfin je n'ai rien de mieux et je dois essayer. Et toi mon vieux, songe ce dernier en regardant l'homme qui avance vers eux, à charge de revanche, termine-il, en embarquant dans le lit avec sa petite protégée.

Un instant plus tard, il s'endort comme la première fois. La perte de conscience est instantanée. »

***

Dans l'avion, Raph réussi par miracle à éviter la zone d'éjection et elle se dirige tant bien que mal vers

»»»»

celui qu'elle aime et cela même si elle lui a promis le contraire. Il faut qu'elle sache s'il est possible qu'il s'en sorte.

« Je dois savoir si je fais un effort ou si j'abandonne… »

Arrivée près d'eux, elle se cache derrière un siège et elle entend les derrières bribes de conversations et celles-ci l'inquiète encore plus.

— Mais… Qu'est-ce qui se passe ici ? dit un des pirates. Rien ne se passe comme il se doit. L'avion fait déjà des ratés et les parachutes que nous devions utilisés ont disparu. Il est évident que quelqu'un joue avec nos nerfs… Enlever vos masques, ils ne vous servent plus à rien et je veux tous voir votre visage. Je saurai, si un de vous, nous a trahis, car moi je vous connais tous.

El ne se rendant pas conte qu'il a toujours les vêtements de Pigeon (Slim

»»»»

de son vrai nom) enlève tout content son masque et en voyons le regard du chef, il comprend qu'il vient de faire la gaffe qui pourrait lui coûté la vie en entendant et ce qu'il dit confirme qu'il n'a pas tort.

—Mais tu n'es pas Pigeon… Alors c'est toi, mon vieil ami… C'est toi le traître qui a tué notre Pigeon...

Pour essayer de se justifier, il l'interrompt.

— Mais non je suis de votre côté. Abraham tu me connais…

— Abraham mon cul… Va en enfer, hurle le chef en tirant une rafale de balle en sa direction.

Comprenant ce qui venait de se passer Raphaëlle ne peut s'empêcher de crier.

»»»»

—Non… Vous n'avez pas le droit…. Je vous déteste, hurle-t-elle sortant de sa cachette.

Falida qui s'était glissée près d'elle l'arrête et lui chuchote.

— Venez, vous ne pouvez plus rien pour lui… Allons venez il reste des parachutes et nous pouvons encore nous en sortir.

— Non…non je ne veux pas.

Mais accoudée sur l'épaule Falida, elle se laisse faire.

« Par chance le bruit de sa rafale a enterré son cri de désespoir… Allons ma vieille ne lâche pas, nous sommes presqu'arrivées…. »

Falida et Raphaëlle, qui par miracle ont réussi à retrouver la sortie, sont aspirées à l'extérieur de l'avion en un instant.

»»»»

***

◄ — Maintenant, Maître appuie sur le bouton. Super ! Et voilà la derrière surprise et non la moindre.

»»»»

Chapitre 23

Un épais brouillard apparaît alors dans le ciel qui englobe tout autour à des kilomètres à la ronde.

La tour de contrôle émet alors :

—Tour de contrôle à vol 283… Vous disparaissez de l'écran… Qu'arrive-t-il ?

Et ils entendent:

— … May day… Séparation… Sépa… Envoyez secours…

***

»»»»

Lorsque la brume disparaît une partie de l'avion s'écrase sur un terrain vague près de la ville de Chicago et l'autre partie en plein océan près d'une grosse île qui semble inhabitée.

Pourtant au loin, une forme humaine semble observer une forme flottant sur l'océan.

***

Par miracle sûrement, après avoir essayé de manœuvrer son parachute sans grand succès avec cette brume qui est apparue de nulle part, Raphaëlle amerrit sur l'eau mouvementée de l'océan.

« Hum... cette épaisse masse nuageuse me dit quelque chose... J'espère que les secours arriveront bientôt, car je m'épuise vite. Pourquoi ce jeu ne m'a pas donné ni ceinture de sauvetage, ni bateau gonflable, cogite-t-elle. Mais où est madame Falida ? »

Soudain, Raphaëlle voit un souhait se réaliser. En un instant, un vaisseau apparaît à l'horizon.

Très heureuse elle essaie de donner des signes de mains et ainsi donné sa position.

À son grand étonnement, même si elle était une goutte dans l'océan, on l'avait vu, car le vaisseau change de cap.

Et de plus, sa joie décuple lorsqu'elle voit de quel bateau il s'agit. Néanmoins, elle est de courte durée, lorsque du haut de son bateau le Capitaine El Draque prononce des première paroles qui lui crève le cœur.

— Oh non ! Je suis déçu… Ce n'est pas la salope qui m'a largué. Une petite ressemblance mais infime, elle est beaucoup trop vieille et surtout celle-ci a tous ses membres.

Elle ne put que dire.

— Non… non c'est moi. Il faut me croire. Je vous avais parlé de ce jeu stupide. Et bien voilà ce qu'il a fait de moi.

— Taisez-vous, madame. Comment osez-vous vous comparer à une beauté aussi totale qu'est ma Raphaëlle. Si vous ne voulez pas que mes hommes jettent des morceaux de viande qui attireront certainement des prédateurs qui se feront un festin… (Il arrête un court instant et en la regardant dans les yeux il poursuit sa torture.) Allez compagnons, nous ne devons pas abandonner. Nous allons la retrouver et cette fois elle ne m'échappera plus.

— Mais…

»»»»

Elle arrête sachant que le bateau était déjà trop loin pour la comprendre.

Elle crie alors de tous ses poumons :

— Vous avez gagné encore une fois. J'abandonne… s'il vous plaît libérez-moi.

Et sans la moindre peur, elle se laisse glisser au fond de l'océan.

***

Dès que le brouillard se dissipe, la queue de l'avion arrive à la verticale sur l'eau et un des deux parachutes arrive à une distance raisonnable de la moitié de la carcasse.

Près du parachute, étrangement flottent des gilets de sauvetage et à quelques distances de brasses, des lits flottants. Étrangement ça ne surprend pas Falida, mais Rosie fut très surprise lorsqu'elle saute à l'eau avant que la carcasse s'enfonce dans l'océan.

En arrivant aux lits flottants, cependant, elle ne peut que dire en montant sur un.

— Mais qu'est que c'est que cette lubie du Maître. Comment un lit peut-il nous sauver ?

Falida qui est arrivée aussi, lui répond:

— En effet ça semble bizarre mais croyez-moi, je suis la preuve de ce qu'il peut faire. Je me suis couchée dedans et je me suis réveillé ici. Et au contraire de vous, je crois que ces lits nous sauverons.

— Eh bien, réplique Rosie en mettant son gilet de sauvetage, alors allez y, si vous êtes aussi certaine du

»»»»

résultat. Je vous suis aveuglement. J'ai vraiment hâte de rentrer chez moi.

— Et moi donc…

***

Même si le choc de l'amerrissage de la queue de l'avion fut énorme et qu'il fut improbable que des individus quels qu'ils soient, aient survécu. Miraculeusement, quelques personnes se retrouvent elles aussi en pleine mer avec, sorti de nulle part, un radeau gonflable voguant seul.

Aussitôt Tim qui voit une opportunité lance.

— Nous avons une chance de nous en sortir. Allez, braves gens, nageons vers ce radeau.

»»»»

Maria qui avait les nerfs à fleur de peau lance.

— Mais que dites-vous là? Même si nous nous rendons au radeau, s'il n'y a pas d'eau nous serons perdus… Alors je ne vous laisserez pas donner d'espoir s'il y en a pas. Maintenant braves gens nageons et voyons ce qu'il y a dans cette épave gonflable…

Tous écoutèrent Maria et rapidement, ils y arrivèrent. Dans celui-ci, des vivres et de l'eau pour plusieurs jours. Heureuse de ce constat, elle reprend la parole en regardant Tim dans les yeux.

— Je ne sais pas comment, et je ne veux pas le savoir… Mais maintenant j'ai confiance… Peut-être nous en sortirons nous.

Avec un regard soudain épouvanté, Tim réplique.

»»»»

— Oh non… pas si sûr que ça… Regardez derrière vous ? Je ne crois pas que nous allons nous en sortir.

— Mais que dites-vous là ? Vous êtes une girouette vous, dit Maria en se retournant. Oh !

Plus aucun son ne sortit de sa bouche tellement ce qu'elle voit la terrifie.

Devant eux, et maintenant tellement près, se trouve un énorme tourbillon d'eau. Sans perdre un instant elle retrouve un semblant de contrôle et dit :

— Tenez-vous sur tout ce que vous trouvez de solide ici… Il est peu probable de nous en sortir mais on ne sait jamais. Bonne chance à tous.

Rapidement le radeau entre dans le tourbillon et plusieurs des rescapés furent éjectés du bateau gonflage et

»»»»

Maria fut des leurs. Sa chute fut amoindrie par un objet. Elle ouvre les yeux et aperçoit un lit. Son seul commentaire.

— Mais qu'est… hurle-t-elle en s'évanouissant tellement le lit tourne vite.

»»»»

Chapitre 24

Iann sort de son coma, plusieurs semaines après l'écrasement. Les premiers jours, il ne peut pas parler ni répondre tellement il est dans les vapes.

Une semaine de repos plus tard, les premiers mots qui sortent de sa bouche ne surprennent pas les médecins qui le soignent.

— Mais où suis-je ?

— Je vous l'avais dit, qu'il serait probable, s'il se réveillait, qu'il ne se souvienne de rien. Personne ne peut sortir indemne d'une catastrophe aussi grande.

»»»»

« Mais de quoi parle-t-il bon Dieu ? Quelle catastrophe ? Et pourquoi je suis ici avec tous ces gardes armés dans ma chambre. Qu'ai-je fait d'aussi grave ?

— Mais que fais-je ici ? Est-ce que je suis prisonnier ? dit Iann.

— Là, vous voyez, vous devez nous laisser l'interroger, car vous l'avez entendu, il veut savoir et nous, nous devons avancer dans cette enquête. Il y a eu plusieurs morts et nous devons trouver les coupables, dit un des gardes aux médecins traitants.

— Vous avez raison… Alors interrogez-le mais au moindre signe de fatigue, j'interromps. Il a des droits lui aussi, réplique-t-il en le montrant du doigt.

« Mais que me font-ils là ? »

»»»»

— Madame et Messieurs vous savez que je vous entends, je ne suis pas sourd.

— Oui nous le savons bien. Mais je ne pouvais vous parler qu'avec l'autorisation de votre médecin et je voulais le faire dans les règles. Alors jeune homme vous voulez savoir… Vous êtes le pilote et le seul survivant du vol 283… Enfin, je devrais dire de la moitié de l'avion car nous n'avons pas encore trouvé l'autre partie avec probablement à l'intérieur, le reste des corps.

De surprise et d'horreur, Iann qui vient de comprendre, ouvre plus grand les yeux. Son regard est troublé car il vient de se souvenir d'un évènement effrayant. L'atterrissage catastrophique sur une route tout près de Chicago.

»»»»

« Mais il est totalement impossible d'être sorti vivant de cette avion. Qu'est-ce que ce jeu ? »

Cependant, voyant le garde attendre sa réponse, il ne peut que dire.

— Aïe! J'ai mal. Suis-je en enfer ?

— Non vous êtes bien vivant, jeune homme. Et ne faites pas semblant de souffrir pour qu'on coupe la discussion. Vous devez admettre vos torts et n'essayez surtout pas de vous en sortir en déviant la conversation. Il est temps de répondre de vos crimes. Je suis le Général Basem et j'ai le mandat de vous interroger avant que vous passiez en cour martiale. Je suis moins malléable que le docteur Maria, car justice doit être rendue et vous êtes coupable d'un complot envers les États-Unis.

— Mais où suis-je ? Jamais je n'ai été dans l'armée et aucunement ce jeu ne devait me mettre dans une situation aussi embarrassante et dangereuse. Ça doit être un rêve voyons… Je vais me réveiller dans ma maison.

Soudain Iann sent une piqûre sur son bras.

— Aïe ! Mais…

— Vous voyez, dit le docteur Maria. Vous êtes réveillé et bien là dans un hôpital militaire. Vous êtes ici cher monsieur pour guérir de réelles blessures et je ne crois pas que vous ayez pu vous les être faites dans votre demeure. De toute façon, seul vous seriez mort. Me comprenez-vous ? Considérez-vous heureux d'être encore en vie, car plusieurs n'ont pas eu cette chance… Et cessez de me regarder avec vos grands yeux de chien battu car si le Général a raison et que vous êtes coupable, même s'il me semble vous connaître, je serai vraiment moins gentille avec vous. Je vous ai sauvé que par mon devoir et ma confiance d'être là pour sauver des vies et non pour en enlever. Et vous êtes ici accusé d'en avoir enlevé plusieurs… Allez Général, il est à vous.

Cependant, avant qu'il ne reprenne, Iann surprend en demandant.

— S'il vous plaît, une dernière question, une seule. Depuis combien de temps suis-je hospitalisé ?

Ce n'est pas son médecin qui lui répond mais bien un autre qui assistait lui aussi à l'interrogatoire.

— Laissez Maria, je m'en occupe. Vous êtes dans cet état depuis un bon neuf mois. Avec la gravité des blessures faites à votre abdomen, on vous a mit dans un coma artificiel après l'opération pour vous aider à guérir et pour que vos douleurs soient moins fortes à votre réveil. Le Général a demandé et on le lui a accordé, de vous réveiller de votre coma, car on lui intimait de reprendre l'enquête et sans votre témoignage, l'armée était dans l'impasse. Les familles, monsieur, ont besoin de réponses, alors voilà aujourd'hui, vous devez faire face à la loi.

Ayant assez attendu le Général intervient et sans le ménager, il reprend.

— Bon là assez jouer Commandant Iann. Comment avez-vous fait pour sortir des flammes de l'enfer avec des blessures aussi importantes ? Et surtout pourquoi avez-vous quitté sans essayer de sauver la moindre personne ? Pourtant on dit toujours du Capitaine qu'il coule avec son bateau. C'est pourtant la même chose pour un pilote.

— Mais Général, je ne me souviens de rien d'autre qu'un brouillard...

»»»»

D'avoir demander de l'aide et d'avoir essayer de faire atterrir cet avion. Attendez… (Des bribes de souvenir lui reviennent et il poursuit.) Voilà ce dont je me souviens : Plusieurs problèmes dès le départ… Des pirates, du feu dans les moteurs… Un manque de carburant. Une porte d'urgence ouverte, des coups de feu…

Le Général coupe court à son énumération.

— Stop… Vous essayer de vous jouer de nous. Pourquoi, si c'est bien cela qui s'est passé, n'y a-t-il rien dans les boîtes noires retrouvées ?

— Mais… Elles auraient dû… Pourquoi n'ont-elles pas été calcinées ou endommagées par l'atterrissage. C'est un complot. J'ai dû les amener avec moi et une personne m'a retrouvé avant vous et a dû changer les boîtes noires. Voyons… Je ne peux…

»»»»

Le Général l'interrompt encore une fois.

— Stop… Qu'avez-vous dit ? Feu… Calciné. Mais qui vous a dit qu'il y avait eu un feu ? Voyons et qu'allez vous inventer encore! Vous ne pouviez pas, même un miraculé comme vous n'aurait pu se déplacer seul… Et c'est une chose qui reste encore mystérieuse à votre sujet. Car comment auriez-vous pu avec un volant encastré dans votre abdomen ?

Sidéré, Iann réplique.

— Quoi ? Je suis tombé sur mon volant.

— Non Iann, le volant est entré en vous… Qu'est-ce qui n'entre pas dans votre cerveau. Il est entré d'un coté et est ressorti de l'autre et vous êtes toujours en vie…

»»»»

« Mais ce n'est pas possible ? Ce jeu est totalement aberrant. Et pourquoi suis-je encore ici? Hum... En fin de compte, je le saurai bien assez tôt. Maintenant, il est temps pour moi de lui poser la question la plus importante », réfléchit Iann.

Mais il n'a pas le temps de la poser car soudainement, le cœur d'Iann commence à donner des signes de fatigue, c'est pourquoi le docteur Maria intervient.

— Je me dois d'interrompe cette interrogatoire pour des raisons évidentes. Et je crois que vous ne saurez rien de plus de cet individu. Donc la prochaine fois, il faudra lui trouver un avocat.

En regardant Iann, le Général Basem termine.

— Vous avez bien raison mademoiselle, rien de bien sensé ne

sortira de ce prisonnier. Alors faites bien attention à lui. Il faut qu'il soit en pleine forme pour son procès.

— J'y veillerai, soyez-en certain.

Lorsque le Général fut sorti, Iann demande à la femme médecin.

— Vous me croyez coupable… Il vous semble impensable que ça soit un complot.

— Vraiment peu probable et là je vous dis la vérité. Quel être abject aurait pu concevoir cela et pourquoi vous aurait-il choisit ? J'ai regardé votre pedigree et rien de bien spécial vous concernant ne m'a sauté aux yeux. Alors monsieur, je vous donne les calmants. Essayez de vous reposer. Vous en aurez besoin.

— Mais pourquoi ?...

Le docteur Maria l'interrompt tout de suite.

»»»»

— Monsieur, je ne suis pas habilité à vous le dire. Ce que je sais c'est qu'ils attendent depuis longtemps cette rencontre avec vous et que vous avez perdu votre chance de vous expliquer. Maintenant dormez, je n'ai plus de temps à vous accorder.

La porte se referme et l'effet du somnifère se fait sentir aussitôt. Iann s'endort toutefois en ayant cette pensée.

« Pourquoi moi, je ne suis pas mort et pourquoi cette aventure continue encore même après l'écrasement ? On dirait que je suis perdu dans une boucle temporelle et j'ai bien peur que ce jeu ne se termine jamais. »

***

»»»»

Le lendemain lorsqu'il ouvre les yeux de nouveau, un autre cauchemar l'attend. Sans dire un mot, il regarde tout autour et une pensée lui vient aussitôt.

« Qu'est-il arrivé depuis hier, pour que la police soit ici au lieu de l'armée? Peut-être qu'aujourd'hui je suis un sauveur... Mais pourquoi alors ne suis-je pas de retour chez moi ? Je ne comprends plus rien... »

Sur la table, près de lui, il voit des médicaments qu'il avale en un instant en songeant.

« Je vais m'endormir et me réveiller cette fois j'espère dans un meilleur endroit... Mais pour vrai, j'aimerais me réveiller chez moi et ne me souvenir de rien.

Son premier souhait fut exaucé, car l'effet des médicaments se font sentir

»»»»

et rapidement, il se retrouve en plein sommeil.

Quelques heures plus tard, Iann, en sursautant, se réveille.

« Merde… On dirait que ça ne fait une minute que je dors… Pourquoi l'effet fut si minime ? Pourtant, j'en ai pris plus qu'une » songe ce dernier en regardant tout autour. Et je n'ai pas l'impression d'avoir bougé.

Pour confirmer son impression, son regard rencontre un inconnu assis sur le fauteuil près du lit. La sensation de regard de cet homme ne lui dit rien qui vaille.

Ce personnage vêtu de vêtements d'une autre époque, comme s'il sentait que le temps était venu de se présenter, prononce ces paroles dignes d'un film policier, dans lequel il aurait le rôle principal.

»»»»

— Bonjour Monsieur Martineau ! Heureux que vous soyez enfin de retour parmi nous. Je suis le sergent détective Slim et j'aurais quelques questions à vous posez…

Sans même laisser le temps à l'homme de s'expliquer, Iann, sans savoir ce qu'on lui reproche intervient.

— Mais je ne comprends pas. Aie-je fais quelque chose de mal ? J'ai bien essayé de poser ce tas de ferraille, mais je n'avais plus de carburant et il était brisé de partout. Vous devez me croire, je n'ai rien à voir avec ce qui est arrivé. Je suis innocent. Pourtant, les autres auraient dû vous dire que je n'y suis pour rien. Après neuf long mois vous avez sûrement eu le rapport de l'aviation…

— Oh là ! Jeune homme… vous n'êtes plus dans un rêve. Je suis le seul avec mon équipe à enquêter sur vous.

»»»»

Laissez-moi finir et ça s'éclaircira. C'est justement les résultats de l'enquête qui m'amène vers vous. Et vous allez être surpris des conséquences de vos gestes. Ce que je peux vous dire avant de commencer, c'est que même si vous n'avez pas été à bord, la catastrophe aurait eu lieu d'une façon ou d'une autre. Il aurait trouvé un nouveau bouc émissaire.

— Si je n'avais pas été le pilote…

— Oui, vous avez bien entendu, Iann. Le responsable voulait se sortir de plusieurs mauvais placements qui, sans cet écrasement, il s'en serait sorti indemne de son mauvais pas.

— Hein ! dit Iann surpris.

— D'une façon plus simple, vous vous êtes jeté, vous et vous seul dans la gueule du loup. Hum… réplique Slim en le regardant dans les yeux. Avez-vous une addiction, monsieur ?

»»»»

— Sûrement. réplique Iann en ne sachant pas où le détective voulait en venir. À vous de me le dire…

— Êtes-vous un joueur invétéré ? Devez-vous beaucoup d'argent ?

« Mais où veut en venir ce jeu ? Je suis un joueur maintenant… Et c'est ce qui a conduit au crash. Mais pourquoi ce jeu n'est pas fini ? Je dois répondre, car son regard devient suspicieux. »

— Dites-moi sans détour ce que vous me reprochez, car je ne vois pas où vous voulez en venir.

— Si vous le désirez, j'irai droit au but. Vous avez des dettes de jeu de plus d'un million de dollars que vous ne pouviez rembourser. Celui qui était votre créditeur est aux arrêts maintenant et il a tout avoué, même les choses vous concernant. Alors que dites-vous à cela ?

»»»»

— Mais…

— Laissez-moi finir, dit l'agent Slim, d'un ton tranchant. Votre créancier était lui aussi au bord de la faillite et pour se faire, comme mentionné tout à l'heure, il s'est organisé pour vous faire transférer sur ce vol où tous ceux qui avaient de près et de loin intérêt à le voir couler avaient été invités par lui pour supposément essayer de trouver une solution acceptable à ses déboires financiers. Et c'est ainsi que votre sort fut scellé. Vous ne deviez pas arriver en vie, tout comme eux… Alors, monsieur Iann, j'ai une simple question pour vous. Comment avez-vous réussi à vous sortir vivant de cette situation ? Dans votre allocution de tout à l'heure vous aviez en partie raison… Mais ce n'est pas le carburant qui fut à l'origine de la catastrophe, mais bien les bandits engagés par votre créancier, les pirates à l'intérieur. Et je crois que vous en faisiez partie, monsieur. Vous étiez même leur chef… De là…

— Mais ce n'est pas vrai… Je ne suis pour rien dans cette histoire. Je suis une victime.

— Gardez votre salive pour votre avocat et pour convaincre les jurys. Mais avec les preuves que nous avons, vous n'avez aucune chance de vous en sortir.

Lentement le détective se lève. Une dernière fois, Iann essaie de le convaincre.

— Bon Dieu, monsieur vous ne comprenez pas.

— Eh bien si, je comprends très bien. Cette discussion je voulais l'avoir, face à face sans enregistrement, mais à partir de

»»»»

maintenant tout ce qui se dira fera office de preuve. Alors un petit conseil, ne parlez qu'en présence de votre avocat.

Et pour finir avant de sortir, il lui lut ses droits.

Aussitôt partit, Iann eut cette pensée.

« Que je suis dans la merde... Vraiment je suis perdu, mais peut-être que je suis seulement dans un rêve, je dois me rendormir. »

Il pèse sur le bouton de la substance médicinale qui s'injecte aussitôt dans son bras et l'effet fut immédiat.

Tout à coup, le lit d'hôpital se transforme en un lit aérien, sans toutefois que Iann ne s'en aperçoive, car il venait de sombrer dans un sommeil profond.

»»»»

Épilogue

— Général… Ces sphères, elles reviennent vers nous… Incroyable elles sortent du triangle. Oh que vois-je ! Il y en a une sphère de plus. Il y a du mystère là-dedans. Ça ne me dit rien qui vaille. Général, devons-nous les intercepter ou les détruire. Attendons vos ordres, mais nous préfèrerions les détruire Général.

Quelques instants plus tard, le Général prend la décision qu'il juge la plus sécuritaire

— Escadron, si vous jugez que ces sphères sont dangereuses, alors vous avez le feu vert, mais assurez-vous qu'il n'y ait aucun témoin dans cette affaire qui pourrait remettre en question ma décision.

»»»»

— Bien Général… Pilote, prêt à faire feu… Feu

— Attendez…

Trop tard, 16 tirs se dirigent vers les sphères…

***

Raphaëlle se réveille, dans une chambre, qu'elle ne connaît pas, mais au moins elle semble revenue dans son patelin…

« Mais pourquoi un hôtel ? J'espère que j'ai encore un chez-moi » pense-t-elle en ouvrant les rideaux.

— Oh ! Du sable à perte de vue… Où suis-je tombée encore ?

La jeune femme n'a pas le temps de se poser d'autres questions, un chiffon

»»»»

imbibé d'une substance froide, est appliqué sur ses narines et sa bouche. L'effet est immédiat. Raphaëlle tombe dans les bras de Morphée… Non pas exactement, mais dans les bras d'un homme qui l'installe aussitôt sur son épaule…

La suite à venir dans :

»»»»

»»»»»

Made in the USA
Columbia, SC
21 August 2020